La victime Accusée

Jackson Rateau

www.trafford.com

North America & international
toll-free: 1 888 232 4444 (USA & Canada)
phone: 250 383 6864 ♦ fax: 812 355 4082

Ce livre est une œuvre de fiction. Les noms, les personnages, les lieux, les institutions et organisations sont tous légendaires et proviennent de l'imagination de l'auteur.

Illustration et mise en page par:
Ralph Eugen, Foundateur de Moxado, Inc

Fabrication et propagation du virus SIDA dans le monde, crime atroce contre l'humanité.

La victime, pourquoi est elle-même l'accusée ?

A ma mère Edith Rateau
Mon père Grandoit Rateau
Mes fils Dave J. Rateau et Max D. Rateau
Mes filles Neev N. Rateau et Christina D. Rateau
Mon frère Ulrick Rateau
Ma sœur Fisline Rateau
Mon grand ami Dunès Ducrépin.

REMERCIEMENTS :

A Monsieur William Pierre. Animé de son esprit d'équipe et de partenariat, il m'a aidé, sans intérêt, à réussir les travaux de correction de l'ouvrage.

A l'artiste, écrivain Prince Guetjens. Celui qui, au nom de l'amitié et d'intérêt littéraire, a su disposer son temps et son énergie intellectuelle pour la dernière touche de l'ouvrage.

A l'ingénieur Patrick Lemoine. Cette victime de la terreur des forces des ténèbres de la geôle de Fort Dimanche, à qui j'exprime tous mes regrets. Les travaux de mise en page, sont l'œuvre de ses doigts.

Au poète Jean Max Calvin. Celui qui m'a toujours stimulé à travailler. Aussi, il m'a aidé à peaufiner l'ouvrage.

A l'écrivain, poète Josaphat Robert Large. Ses expressions de support m'ont été telle une force qui me propulsait.

Je m'adonne à écrire une histoire transparente, un récit visible, lucide et claire, doté d'imaginations spectaculaires où les personnages, estompés de fantasme, se voient évoluer dans un réalisme hystérique. La littérature, riche de personnages, d'événements et de réalités, n'est pas morte.

Ce roman est bien l'histoire de la vie et de la mort, un mélange de tout, confus dans une vie réelle. C'est aussi la transformation de la réalité en fiction pour une explication sans trêve de ce que je ressens, de ce que j'observe.

« La Victime Accusée » c'est la résultante d'une recherche folle, la divulgation d'information ancrée dans une lutte acharnée pour réfuter une accusation malveillante, abominable, sans fondement ; démasquer l'hostilité et dénoncer la félonie des scélérats pour qui les faibles ne sont que matière d'expérience.

Le virus SIDA conçu par les démons de l'occident et fabriqué en laboratoire à partir des agents pathogènes mortels (leucémie bovine et « visna » du mouton), a déjà décimé, à travers le monde, des millions d'hommes, de femmes et d'enfants. Tandis que des millions d'autres qui en souffrent avec, attendent leur tour.

Je me suis rencontré entre deux siècles, comme au confluent de deux fleuves ; j'ai plongé dans leurs eaux troublées, m'éloignant à regret du vieux rivage où j'étais né, nageant avec espérance vers une rive inconnue.

Chateaubriand

Chapitre I

On était au second jour de printemps, cette saison qui revenait chaque année le même jour. C'était hier le 21 mars. La température n'était pas pour autant tiède, mais tolérable. Les arbres veufs de feuilles, pointaient leurs premiers bourgeons. Toute la ville était criblée d'un éclat de soleil couleur de jonquille, de la mi-journée. Les rues n'étaient pas trop combles, un peu clairsemées comme en hiver. Elles se défilent droites telles de longs rubans gris, éclairées partout par les feux de signalisation.

L'homme qui pilotait la bagnole grise nacrée était un tantinet nerveux et preste. Il était rapide jusqu'à l'excès, comme s'il filait à la vitesse de la lumière ; est ce pourquoi il allait se briser d'un accident terrible qu'il eut le temps d'épargner d'un freinage brusque, juste au dessous du feu rouge. Il allait aussi franchir la ligne d'interdiction quand soudain il se ressaisit.

- Ah ! Quelque chose ne va pas pour moi aujourd'hui. Mon esprit travaille très mal, me semble-t-il.

En allant plus lentement, il fouilla sa porte disque à l'intérieur duquel il tira un CD, puis l'inséra dans l'appareil. La mélodie passait douce, harmonieuse à l'oreille. Elle frôlait une sensibilité qui chatouille l'esprit, vibre le sentiment. Le son du sax valse tremblant en sanglotant sa misère. Et on entendait la tessiture du chanteur :

Lavi m se yon mistè
Yon etènèl ilizyon
Aimer à l'imparfait
Se sèl konjigezon m

Si desten te ban m chwa
M t ap evite lè plè
Ni doulè
Ni malè
Pa t ap obstriye bonè.

M pa kwè nan reziye
Mwen plis kwè nan lite
Mwen pa kwè nan detwi
Mwen plis kwè nan konstwi
M pa kwè nan abandon
Mwen plis kwè nan padon
Kè m pare pou l renmen
Domaj ke se anven.

Une complainte d'amour coulant dans un poème créole, un lyrisme pur dont s'inspire le poète pour pénétrer le cœur des âmes chagrines, souffrantes et abandonnées.

………..
O papa BonDye pouki se mwen menm
Ki toujou ap pase mizè
Ki pa janm bouke plenyen
San m pa fè anyen
O non non non non

Mwen pa ekzijan
Depi moun an konprann mwen
Depi moun an ka renmen m
M ap pran l a bra ouvè ....
....

Lanmou se yon zàm a doub tranchan
Se yon mal nesesè
San limenm lavi w se yon lanfè
Se yon pak ak lisifè
Eseye pa pi gwo peche
Mwen p ap dekouraje
Mwen konnen gen yon jou k ap pou mwen
BonDye pa bay pèn san sekou......

....
Ma vie est un mystère
Une éternelle illusion
Aimer à l'imparfait
Ma seule conjugaison

Si le destin le permettait
Moi, j'éviterais les pleurs
Douleur et malheur
Rien ne m'obstruerait
Le chemin du bonheur

Je n'entends pas me résigner
Je veux toujours lutter
Je ne veux pas détruire
Je veux toujours construire
Je ne veux pas abandonner

Je veux toujours pardonner
Mon cœur est tendre à aimer
Dommage que ce soit en vain...
....
O mon Dieu, pourquoi
Dois-je toujours
Cette victime du destin,
Qui n'arrête de se plaindre
O non non non non
Je ne suis pas exigeant
Je ne demande
Qu'à être compris.......
....

L'amour est un glaive
A double tranchant,
Un mal nécessaire,
Un véritable enfer.
C'est un gage avec Lucifer,
Une lutte qu'il faut gagner.
Il faut mille fois essayer
Et ne jamais abandonner
Car mon Dieu m'a promis
Qu'il prendra soin de moi...

C'est une des compositions de la bande *Nu Look* ; un morceau qu'il aimait bien et qu'il savourait plaisamment jusqu'au moment où il gara sa voiture près de sa maison.

En rentrant il consulta sa boite aux lettres et trouva un tas de courriers insignifiants qu'il n'a pas mis de temps pour en lire. Après tout, c'est la routine quotidienne, ces boites aux lettres sont toujours bourrées de paperasses, telles revues publicitaires, lettres des sociétés inexistantes quémandant incessamment, factures de toute sorte : téléphone, électricités, loyer et tant d'autres. Certaines d'entre elles doivent se perdre inéluctablement aux poubelles.

- Mais…

La poubelle, il la fureta et découvrit une pointe d'enveloppe adressée en écriture italique qu'il crut identifier. Elle venait de sa compagnie d'assurance. Il tira l'enveloppe, la déposa sur la table dans la salle à dîner. Il fouilla une première poche de son veston blue-jean pour retirer un paquet de cigarettes. Il la tira de l'autre poche, fit sortir un bâtonnet qu'il porta au coin gauche de ses lèvres avant de l'allumer. Avant d'ouvrir l'enveloppe, il ôta la cigarette de sa bouche pour libérer la fumée qui partit effilochée pour s'éclipser en montant. Il ouvrit l'un des côtés inférieurs de la petite oblongue blanche, puis sortit le papier qui clapa d'un bruit sec de froissement.

- Quoi ! s'exclama-t-il, les yeux écarquillés. Non ! Je ne veux pas croire.

Il relit le chèque et bien scruta le nom : « Dorven Marc Forest ».

- C'est peut-être une erreur, fit il.

Il referma le papier et le déposa à nouveau. La première cigarette avait complètement brûlé. Il rattrapa une seconde et la grilla cette fois plus rapide.

- Laisse moi l'examiner plus minutieusement, soliloqua-t-il, peut être que me suis-je trompé.

Il chaussa ses lunettes et scruta lettre après lettre, chiffre après chiffre: "Paid to the order of Dorven Marc Forest the amount of one million one hundred ninety nine thousand dollars."

Il saisit le téléphone pour appeler quelqu'un, mais changea d'avis sur le coup.

- C'est une surprise à rompre le cœur, pensa-t-il, une forte sensation que je n'aurais jamais imaginé, jamais. Je m'attendais à une pitance, une modique somme de trois mille quatre cents dollars depuis tantôt quatre ans, continua-t-il de remâcher. Je finissais par être désespéré et lâchais le tout dans les oubliettes de la mémoire.
- Un million deux cents mille dollars ! Exclama-t-il. Laisse moi appeler mon avocat, tout de suite.

Les mains toutes tremblantes, il empoigna l'appareil et composa le numéro.

- Allo !
- Allo, oui ! Bonsoir, j'aimerais avoir maître Merlyn, c'est important.
- Ne quittez pas je vous prie, répondit la voix fine de la secrétaire.
- Allo, maître Merlyn pour vous servir, tonna sa voix.
- Heureux de vous avoir ce soir cher maître, j'espère que vous reconnaissez la voix.
- Absolument, Monsieur Dorven. Justement j'allais vous appeler...
- Ah oui ! A propos ?
- C'est au sujet de... ok, vous pouvez continuer.
- C'est un peu bizarre à vous informer maître, la compagnie d'assurance a délivré un chèque à l'ordre de Dorven Marc Forest. Je l'ai trouvé cet après-midi.
- Oui, je suis au courant. C'est surtout sur ma requête et ma pression, et le cas a été gagné sans coup férir. Toutes mes félicitations... mes remerciements aussi monsieur Dorven.

- A moi de vous remercier cher maître, ne vous en faites pas. Il resta un moment coi sur la ligne. Vous savez maître Merlyn ?
- Non ! Quoi ?
- J'ai peur.
- Peur de quoi ?
- Je ne sais pas maître, mais j'ai peur.
- Je comprends, c'est de l'émotion. Juste calmez-vous et tout ira bien, soyez-en-sûr.
- Excusez-moi, maître, je dois vous laisser, j'ai quelqu'un d'autre qui insiste sur ma deuxième ligne.
- Juste quelques instants, Monsieur Dorven. C'est combien le montant de votre chèque ?
- Un million cent quatre-vingt dix neuf mille dollars.

A l'autre ligne où il répondit, il était fortement émotionné, perturbé.

- Allo! Allo!
- Allo Dorven, c'est Jude.
- Oh! Jude, Jude! Je…Je te rappelle.

Sa cervelle s'embrouillait tout a fait. Il pensait à mille choses à la fois. Déjà, sa valise s'égarait quelque part. Il la cherchait partout, pourtant il l'avait laissé dans la voiture. Il courut dans la chambre et revint en trombe au salon. Il resta un moment planté, puis s'installa sur le sofa posant sa tête sur le coussinet. Il réfléchit quelques instants en portant une main à ses lèvres : comment gérer cette fortune.

- Oh, je vois, je vais essayer d'engager un économiste.

Mais, n'étant pas trop sûr que ce soit la bonne idée, il changea d'avis. Car introduire quelqu'un dans ses secrets, qui saura le pourquoi, le comment des choses, et de surcroît, le harceler à payer une exorbitante facture du fait de son million, ah, il faut être très prudent.

Il résolut que quelques bonnes heures de sommeil lui vaudraient mieux s'il avait pu. Il alla se coucher. Il avait la tête agitée, tellement agitée, même la plus forte dose de somnifère n'arriverait pas à pouvoir le calmer. Il pensa faire un petit tour en voiture, mais peut être qu'un malheur inévitable, qui sait, empirerait sa situation.

Enfin, un peu tard dans la nuit, il s'est dirigé vers Manhattan, dans un club qui lui était familier. Dans la boite de nuit, il s'est abandonné à une table, avec pour toute compagne une bouteille de scotch. La musique au rythme endiablé, presque inaudible semblerait exploser l'immeuble. Les mugissements répétés de la basse vrombissent en frappements pleins, vibrants et harmonieux. Les filles grouillent de rage sous les rayons feutrés, fuselés de glauques et d'écarlates qui tournent en clignotements alternés. Les vêtements étaient tels une décoration de la salle de danse : pantalons collants de cuir ou de laine, jupes rases moulées au ras de fesse, corsage chatoyants irisés de paillettes de diamant, beaucoup de jeans étroits et de longue bottes.

Une fille du club, une attachée bien sûr, sa pute à lui, passa près de la table telle une chatte qui venait se frotter au pied de son maître. D'une main autoritaire elle le saisit par son bras et finit par l'entraîner dans une chambre. Ainsi, il passa toute la nuit enlacé dans le moelleux du lit avec la gonzesse blottie contre ses flancs.

Quelques heures avant de quitter le club, il se décida de l'acquisition d'une nouvelle voiture. En revenant, il contacta le concessionnaire des BMW pour négocier l'achat d'une BM Tout terrain.

**

Les lettres étaient déjà délivrées quand il revenait. Il s'évertuait à chasser chez lui cette vilaine habitude de faire perdre ses courriers dans les poubelles, sans même les lire. Il devint tout à coup soucieux de ses correspondances, manifesta le désire de les garder. Mais les jours ne sont jamais les mêmes, ils ne se ressemblent pas. La vie n'est elle pas le théâtre où se déroulent tous les drames de l'existence. La joie est souvent fugace et le bonheur n'est qu'un éclair zébrant l'espace du ciel de la vie le temps d'une seconde. Vanité de toutes les vanités, elle n'est que vanité, disait le sage. Le malheur s'abat parfois sur sa victime après un jour heureux ; est ce pourquoi souvent on passe toute sa vie à s'abîmer de perpétuelles inquiétudes.

9

Chapitre II

L a lettre vient de son médecin. Elle l'informe que le teste VIH révèle quelques signes inquiétants. Selon le résultat de la dernière analyse, positif d'ailleurs, il est évident que le virus a causé d'énormes dégâts au niveau de ses anticorps et ses cellules auto défensives. Il a ravagé son système. C'est très urgent, il doit revoir le médecin dans huit jours.

- Quoi ! Quelle est cette bêtise ? Qu'est ce qu'elle raconte, cette foutue lettre? Mieux vaudrait la lancer dans la poubelle, cette saloperie de lettre.

Du reste, c'est une terrible éclaboussure à empester sa vie entière.

- La vie est ainsi faite, drôle, pensa-t-il. Hier j'étais très heureux, trop heureux à un point tel que j'étais troublé, ne sachant quoi faire. La veille, en recevant le chèque de ma compagnie d'assurance, c'était pour moi la plénitude d'allégresse de me voir si riche. Voilà que dans l'intervalle d'une seule journée, je suis devenu le plus malheureux du monde. Tout compte fait, je dois entendre mon médecin d'abord.

Sa vie était comme court-circuitée. Au prime abord, il a rejeté la lettre du médecin, selon laquelle il est porteur du virus SIDA. C'était peut être du aux effets de l'émotion. Mais, au fait, dans son fort intérieur, il se croit être infecté puisque la science le confirme. Et dans l'intervalle, son existence fut partagée entre rires et pleurs, joie et peine ; partagée aussi entre la vie et la mort, l'amour et la haine, la richesse et la pauvreté.

**

C'était le premier mercredi d'avril son rendez-vous avec le médecin. La route qui devait le mener à la clinique n'était pas si longue. Il ne voulait pas non plus prendre le risque de circuler sur l'autoroute. Il était décontenancé, déséquilibré moralement et mentalement.

Avant même de voir le médecin, il parait que le voile de la mort a déjà sombré toute sa face, voire même son esprit. C'était désastreux, catastrophique, lamentable.

La clinique était blanche, récemment peinte. Des enclos de la même teinte ceinturaient tout le domaine. Elle était perchée sur la hauteur d'un soubassement, faisant semblant d'être au deuxième étage. Une prairie verdoyante tapissait les alentours avec quelques arbres éparpillés distants. Ils frémissaient nonchalamment sous les caprices d'une brise moqueuse. Dorven rassembla toute sa force et se contraignit énormément pour avoir l'air d'une personne en bonne santé. Toutes choses lui sont devenues étranges. Il pensait à cette vie, ce beau monde de charme qu'il quittera bientôt. Les plantes lui semblaient plus admirables, plus contemplatives que jamais.

Quand il rentra dans la clinique, c'était comme si tout le monde le connaissait déjà. A sa vue tout était à l'envers. C'est vrai c'est une clinique, mais tous les patients dans la salle d'attente n'avaient pas l'air d'être malades. Ils sont sains, adipeux. Il a vu de beaux jeunes gens, de ravissantes jeunes filles.

- Ils sont heureux ces gens, pensa-t-il. Ils ne sont pas condamnés à trimballer avec eux ce poids terrible de la mort.

Vint son tour quand la secrétaire se présenta devant lui, souriante, pour l'introduire auprès du médecin à l'intérieur.

Au départ il est déçu, troublé par cette teinte pourpre de la salle de consultation. C'est une couleur qu'il n'a jamais aimée. Il était devenu inconfortable, susceptible voire stupide, se disant qu'à cause de sa maladie, on l'a reçu dans cette maudite salle. Il a remarqué aussi un changement d'humeur chez le médecin. Il est apparemment plus gentil et souriant.

- Je comprends, je suis si mal, tel un moribond que le médecin ait pitié de moi.

Le médecin, dans sa blouse blanche, le stéthoscope autour du cou, s'était vraiment apitoyé sur son cas. Son visage reflétait une sorte de clémence venant du tréfonds de son être.

Dans le petit salon à l'intérieur, avec un lit de clinique à côté, Dorven fut assis.

- Comment ça va mon ami ? Le salua le médecin serein, avec un sourire mi ouvert mais teinté de commisération.
- Ça ne va pas docteur. Il y a ma tête qui me tracasse terriblement.
- Je vois, monsieur Dorven, je vois. Je suis navré de vous avoir dit la vérité, mais je ne pouvais procéder autrement, je n'ai pas le choix. Je suis médecin avant tout. L'éthique

du métier m'exige à vous tenir informer de l'état de votre
santé.
- J'estime que c'est juste de votre part, et je ne vous en veux
pas.
- Mais en somme, pourriez-vous être plus explicite de
l'évolution du mal chez moi?
- Par exemple ?
- Les dégâts causés à l'intérieur de mon système, l'état de
mes organes défensifs, bref, mon espérance de vie.
- Bon, il faut dire honnêtement que le pire de la situation
c'est que le groupe sanguin dont vous êtes l'héritier joue
en défaveur de votre système, il le rend très vulnérable ;
ce qui explique que vos anticorps sont de moins en
moins résistants aux attaques du virus. Et les dégâts sont
énormes chez vous monsieur Dorven, je regrette…Mais,
je suis convaincu qu'avec les médicaments et un régime
sexuel discipliné, ça peut aller jusqu'à deux ans.

Il fixa le médecin d'un air perplexe, mortifié et désespéré en
hochant sa tête positivement.

- Et avec le sexe ?
- Eh oui, le sexe, avec un rythme peu régulier, ça peut
aller jusqu'à quinze mois, mais surtout d'une psychologie
rassurée.
- Une psychologie rassurée, ça veut dire quoi, Docteur?
Renvoya-t-il d'un air curieux.
- Beaucoup de relaxations, pensées positives, jouissance des
délices de la vie. Pas d'usage d'alcool ni de tabac.

Après un laps de temps de dialogue, il reçut du médecin
ses prescriptions et une sacoche contenant les différents
médicaments.

13

Il laissa la clinique presque en courant. Il tira la porte de la voiture qu'il eut déjà déverrouillée à l'aide de son contrôle à distance, et s'installa sur la banquette, derrière le volant.

Après ce dialogue avec le médecin, c'était comme s'il s'était sombré dans les profondeurs d'un néant, sans une lueur d'espoir d'en sortir. Il se laissa aller, abandonner dans ses pensées terrifiantes.

C'est vrai sa vie intime a été toujours une vie de débauche qu'il ne parvenait pas à contrôler, mais la seule personne à qui il se souvint avoir des relations sexuelles sans protection, c'était la blanche, Marrey Skotth.

- Marrey Skotth, merde! Dit-il enervé, this fucking bitch. Only her. She gets me disease. Merde again!

Voulant gérer le reste de ses jours, à sa façon bien entendu, il fit cette déclaration à lui-même.

- Je suis le vent violent qui soulève la dernière particule de poussière. Là où j'irai, j'emporterai beaucoup d'autres avec moi. Mes dollars seront dépensés jusqu'au dernier sou. Je suis un forcené calme qui va tromper toutes les femmes, « yon bakoulou malad ».

Chapitre III

L'homme d'apparence aimable et de bonne manière, est l'épervier terrible ; il porte en lui l'aiguillon de la mort. La dernière fois qu'il se montrait dans la ville, il portait un costume gris sombre avec en main un sac en papier. C'est une sorte de satyre dont le visage bien moulé fait le charme de tout son corps. Il porte son torse droit, élancé. Ses cheveux sont d'un noir jais, bien rasés, et la ligne horizontale en arrière, sur la nuque, coupée en lame de couteau. Ses sourcils épais, hirsutes, luisent sur la montagne de ses paupières, et ses yeux brillent comme deux boules de cristal.

Il parait toujours calme, un peu docile en réalité. Un type charismatique, dirait-on, qui attire à lui beaucoup d'âmes. Même un chien rencontré par hasard tenterait de quitter son maître pour courir après lui. Après tout, il était tel un échantillon de la race ou un décor. Nombreuses sont les femmes qui souhaiteraient le conquérir en guise de décor pour leur demeure.

Quoique mature, il n'avait ni épouse ni enfants. Il pratiquait le yoga, le masochisme. Il s'adonnait, en temps opportuns, à la culture physique. Il avait une vie cachée, teintée de solitude. Il était d'humeur paisible, riait rarement. Il avait peu d'amis. Il aimait la vie nocturne.

Depuis quelque temps, il a perdu l'habitude du travail quotidien. Grand épicurien, sa vie se partage entre la débauche et la détente. Il s'appelait Venord, mais n'aimant pas trop ce nom que lui avait donné sa mère, il se faisait appeler Dorven, ce nom qu'il a pris lorsqu'il renia sa nationalité.

L'homme longea une rue à pied. Il esquiva une femme avant de franchir sur le passage à piéton, puis s'introduisit dans un magasin où l'on vend des accessoires de sexe. Il choisit des portraits de femmes nues et des livres de pornographie. Sur le chemin du retour, il roulait lentement, avec toute la sérénité de son calme naturel.

Dans sa chambre, il éclipsait des murs quelques anciennes photographies pour faire place aux nouvelles. L'intérieur était très spacieux avec une répartition équitable des meubles. Les rayons peu clairs d'une lumière glauque tenaient la chambre constamment lumineuse. Un effluve doux qu'on humerait à plaisir l'a rendue fraîche, suivant une toilette sophistiquée. Un tapis vert, dans un encadrement noir, sur lequel sont imprimés des oiseaux et des femmes, recouvrait tout le parquet.

La journée partait en trombe et touchait à sa fin. Une jeune fille au visage de rêve filait effarée, ses cheveux au vent. Sa voiture longeait les rues à toute allure, se faufilait entre les autres en évitant les piétons affolés. Elle était folle de désir et courait à son premier rendez-vous d'amour. Premier rendez-vous d'amour ? Indubitable, premier ; car revenant d'Haïti le lendemain de son mariage il y a trois mois, elle ne trouva aucun désir de goûter à l'amour de son homme ni l'offrir la douceur de ses affections. L'homme pour lui plaire se résigna. Elle se trouvait devant un fait accompli et du céder aux pressions de ses parents, finit enfin par accepter d'épouser John, contre sa volonté. Elle trahissait son cœur.

Elle fleurissait de sa beauté le jour qu'elle rencontrait l'épervier empoisonné. De quelques mecs, elle a reçu mille félicitations; mais elles lui étaient trop futiles et désinvoltes. Dorven était le sacré élu à qui elle pouvait ouvrir la porte de son cœur. Elle s'était éprise de lui naturellement, et s'était remise volontiers. Au téléphone ils se parlaient, bavardaient, dialoguaient. Puis, finalement elle devait le rencontrer le plus vite que possible, parce qu'elle mourait d'envie et ne voulait pas rater ce rendez-vous.

L'homme n'avait pas encore terminé sa besogne, et que, l'idée de concentrer sur son yoga lui était venue à l'esprit, que le téléphone sonnait de trois coups. Doucement il décrocha l'appareil, attendit quelques instants.

- Allo !
- Oui, allo ! dit-elle le visage détendu, le cœur en fête, c'est Marie Lyn, je suis là.
- Oh, bien, très bien. Où ça exactement ?
- Chez toi, au seuil de la porte.
- Attends-moi, chérie, j'arrive tout de suite.

D'une rapidité éclair, il se dépêcha de placer ou ordonner certains objets. Il rassembla ses médicaments éparpillés, les dissimula dans un tiroir. Pour être certain qu'il n'y avait rien d'anormal dans sa chambre, susceptible d'engendrer un quelconque soupçon, il l'inspecta de fond en comble. Il se rendit au salon, appuya sur le bouton de commande. Au dehors, Marie Lyn commença déjà à rougir d'impatience.

Dans une garçonnière qu'elle entrait pour la première fois, elle était éblouie de sa splendeur, mais également choquée, en regardant cette panoplie de nus, allant à l'encontre de sa morale.

- Tu as quelqu'un d'autre ici avec toi ?
- Non, répondit-il sidéré, les yeux grands ouverts, pourquoi ?

-   Une simple curiosité.

Elle était timide, même trop timide.

-   Tu sais, je…, je m'excuse.
-   Pourquoi t'excuser ?
-   Tu sais, voyons, j'oublie ton nom.
-   Dorven.
-   C'est vrai, Dorven, répéta-t-elle gênée.
-   Je constate que tu n'es pas dans ta peau. Je m'explique difficilement que tu aies oublié mon nom.
-   Tu as raison, je ne suis pas complètement à mon aise. J'espère que tu me comprends. Pardonne-moi.

Elle resta muette quelques minutes, puis revint.

-   Pourquoi insistais-tu tant à me faire venir chez toi ?
-   Pourquoi ?
-   Oui, pourquoi ?
-   Parce qu'en fait, on n'avait pas le choix. Ta maison est inaccessible. Tu me l'as dit, te souviens-tu ?
-   Oui, et je ne tergiversais pas.
-   Eh bien tu me donnes raison, n'est ce pas.

Se sentant un peu gênée, elle se leva, consulta sa montre.

-   Il y a trois mois j'ai été en Haïti pour célébrer mes noces, commença-t-elle. Elle s'est tue un instant pour fixer une photo de l'homme attachée sur le mur, face inclinée. Mais…reprit-elle, mais je n'ai pas fait ça. Je revenais toute candide avec ma pureté de jeune fille.
-   Qu'est ce qui t'arrivait alors ? Tu as renoncé ?
-   Bon ! voila, mon cœur désapprouvait ma décision. Mais, on devait quand même se marier, rien que pour lui faciliter son entrée légale aux Etats-Unis.

- Donc, tu dois repartir en Haïti ?
- Oui, bientôt.
- Comment est ce que tu trouves ma maison ?
- Superbe, merveilleuse, surtout la chambre. Mais, je n'aime pas... oh, excuse-moi.
- Passons, passons, ne t'en fais pas. Vas-tu accepter mon baiser Marie Lyn ?
- Quoi, ton baiser ?
- Eh oui, et alors ?
- Je ne sais pas.

L'homme s'approcha d'elle, toucha ses cheveux, flaira sa bouche d'un baiser en léchant ses lèvres...

Etendue sur le lit, elle semblait ivre de caresses, l'espace d'un moment.

Soudain, Dorven se leva, tira un tiroir, saisit un tube contenant un gèle, qu'ils utilisaient tous les deux...

Elle croyait que sa chair était tranchée d'une blessure tant qu'elle saignait ; mais ce n'était que la rupture de son hymen.

La nuit tombait déjà quand elle allait partir. Dorven lui tendait une enveloppe contenant un chèque de cinq mille dollars.

- C'est quoi ça? Demanda-t-elle curieuse, le visage atterré.
- Peu de chose..., rien qu'une petite récompense.
- Récompense ? Je ne comprends pas. Elle resta quelques instants, coite, mortifiée. Pense-tu que je suis venue me vendre à toi ? Suis-je une marchande de sexe... une prostituée?
- Je... je voulais te payer ta virginité.

- Cinq mille dollars, c'est le prix de mon intimité ? Même cinq millions de dollars ne sauraient l'acheter. Tu te dégrades, espèce de goujat.
- Quel en serait le prix alors ?
- Le prix ne serait autre que l'amour, la conscience, et ensuite, regardant le chèque avec dédain, la volonté qu'on a en soi de partager une vie. L'intimité d'une femme c'est trop précieuse pour la payer à prix d'argent.

Elle a déchiré le tout, l'enveloppe et le chèque, les lança dans une poubelle et partit en colère. Elle revint enflammée pour le fustiger à nouveau.

- Je ne suis pas une pute, tu sais.
- Je suis désolé, mademoiselle Marie Lyn, moi je ne connais que les putes.
- Vas te faire foutre, espèce de pourri, pauvre mec... salaud.

Chapitre IV

Dorven Marc Forest vit aux Etats-Unis depuis plus que deux décennies. Quoique l'aîné de la famille, il n'inspirait pas confiance à ses parents qui comptaient peu sur lui. Ainsi, sur l'insistance acharnée de sa mère, son père avait fini par capituler. Il se risqua dans une affaire de voyage clandestin qui catapulta le garçon de seize ans sur le littoral de Miami Beach. Après quelques années infructueuses sur les côtes de la Floride, il dirigeait son cap vers New york. Ses demeures se partageaient entre Queens, Manhattan et Brooklyn.

Le vieux se démenait à joindre les deux bouts, tirer le diable par la queue pour parvenir à s'acquitter de ses dettes, au profit du vaurien qui ne donnait signe de vie, même par un appel téléphonique.

Son père, sa mère, ses frères et sœur vivaient encore en dessous du seuil de la pauvreté. Ils étaient toujours croupis dans une petite pièce d'un ramassis de baraques perdu dans les entrailles d'un vieux bidonville embourbé, infestée de mouches, de blattes et d'insectes nuisibles de toute sorte. Ce bidonville aussi misérable qu'une géhenne, voit le jour avec madame Colo et se trouve au nord de Port-Au-Prince.

Monsieur Germain Marc Forest voulait assurer l'avenir de son fils, peu importe le prix à payer. Connaître la prison serait peu de chose. C'était pour lui l'enjeu dans lequel il avait investi tout son avoir, même ce qu'il ne saurait posséder. Mais c'était un cas voué à l'échec, car Dorven, lui, se foutait pas mal de tous ses parents qu'il a perdus de vue, depuis cela un quart de siècle. « Dèyè do se nan ginen, » dit-on. Il était tel un durci, un évadé. Il n'a jamais souffert ni de solitude ni de nostalgie. Il est un égoïste qui ne vit que pour lui même. C'était comme s'il vivait dans un environnement vide.

Il n'a rien de spirituel. Il est d'un matérialisme outré, d'une drôle de mentalité; mais aussi doté d'une prestance extraordinaire alliée à sa beauté naturelle, qui attire comme un aimant, les filles de son environnement.

Déjà tout était prêt pour son prochain voyage en Haïti, ce pays terroir, cette mère patrie sans hiver, avec son soleil étincelant, ses rues peuplées de demoiselles riantes, aux teints chauds.

Là-bas, l'agence qui s'occupait de ses affaires venait de dédouaner sa voiture et louait pour lui une charmante maison. C'était une magnifique demeure silencieuse, ensevelie dans un mélange de verdure touffue, ornée de fleurs, entourée de buissons et d'arbres géants dans ce beau quartier de Furcy, sur les hauteurs de Petion-Ville, appelé communément « Dans le haut ». Ce sont des milieux réservés, des zones interdites aux prolétaires, sauf bonnes, gardiens de cour ou jardiniers, travaillant à plein temps chez les bourgeois.

Il expédiait des décorations, des meubles, des cargaisons de vêtements et d'autres articles, équivalant à cent mille dollars.

Il s'impatiente de se voir là bas, gonflé dans l'abondance de sa richesse et l'extravagance du grand monde. C'est vrai il est le fils d'un quartier populaire de Port-Au-Prince, mais rien ne l'empêche d'être, lui aussi, un de ces grands messieurs, se raffolant de ce grand monde dont il a toujours entendu parler, et que dorénavant, il est en train de jouir dans l'exubérance de sa richesse. D'ailleurs, toutes ces années d'absence ont déjà rompu ses relations avec cet univers de petits gens évoluant dans une pauvreté immonde, sans vie, sans aucune espérance, ceci depuis le jour où il avait tourné le dos au pays dans ce grand bateau marchand.

A seize ans il était le rêve, l'espoir de tout le monde dans cette famille et même ceux là qui n'étaient pas encore nés. Mais vingt cinq ans, c'était beaucoup suffisant pour tout oublier, ignorer tout d'un pays qui ne l'intéressait plus. Pourrir les filles, décimer la jeunesse, c'était le plus beau cadeau qu'il entendait s'offrir. Et voila le mal du siècle reçu sur un plateau truffé de billets verts.

Il pense à Marie Lyn un instant, il regrette de se comporter si stupide envers elle en lui offrant de l'argent en échange de son intimité.

Quand il se rappelle qu'elle s'est déjà comme lui contaminée, il demeure intérieurement satisfait.

- Elle saignait beaucoup ce jour là, pensa-t-il.

Quand il est entré aux Etats-Unis, il était jeune, pauvre, la tête gonflée de projets dans un corps sain. Maintenant, un peu vieux après vingt cinq ans, il quittera le pays riche, mais malade, sans espérance de vie.

Il fit un coup d'œil rétrospectif et vit le temps de sa jeunesse au Bel air. Il n'était qu'un adolescent, avait laissé le pays un jour pour ne plus revenir. Et depuis, tout a disparu dans le néant de l'inexistence : ses parents, ses amis. Il ne lui restait plus rien aux archives de sa mémoire.

Enfin, tout était mis en ordre pour son voyage : fonds transférés dans une banque en Haïti, appartement vacant, bagages pesés suivant les procédures de l'administration aéroportuaires. Adieu l'Amérique...l'Amérique du nord !

La dernière nuit avant son départ, dans une salle de réception à Brooklyn, quelques amis ont offert une agape surprise en son honneur. Il a été tellement stupéfait qu'il ne savait comment accueillir les invités. Ses amis lui ont dit de ne pas s'inquiéter, car ils le considèrent lui aussi comme invité.

Un seul de ses amis savait de son état de santé et gardait pour lui seul le secret.

Chacun avait son mot à dire, ses opinions, ses réflexions, sur la décision subite et intempestive du gentleman de laisser le pays dans une telle extravagance. Puisqu'on ne savait pas trop de ses manigances, on spéculait tout bas, coutume oblige. Certains arguaient avec certitude qu'il avait gagné un « megamillion » le pourvoyant d'une exorbitante somme de douze millions de dollars. D'autres soutenaient qu'il réussit un puissant coup dans la marchandise narcotique, alors qu'il s'était à peine affilié au réseau. Une prise de gueule provoquait une sanglante bagarre entre les têtus obstinés.

Gérard confirmait sans réserve qu'il connaît Tiguy.

- Yes men, dit-il d'un ton dur, les yeux exorbités, Tiguy est du réseau lui aussi, je sais. Comment puisse-t-il échanger son Toyota Camry à peine quatre mois de service, contre une Hummer ?
- A crédit mon cher, quoi de si compliqué pour toi ?
- Non je dis, répliqua l'autre furieux, que le tonnerre m'écrase c'est faut. Que fait-il ce Tiguy pour être à même de posséder une Hummer équivalant à soixante cinq mille

dollars ? Tu dois être fou pour croire à de telle connerie, mon cher.

Ils étaient dans une salle de coiffeur, quand arriva Marie, une canaille qui se réclame être capoise. Comme tous les autres habitués du salon, elle est à bout d'argument, mais toujours en plein cœur de tous les débats, parfois, ne sachant même pas comment intervenir.

- Ce mec veut partir là-bas, dépenser son argent, n'est ce pas ? Je regrette. Il va mourir dans ce pays, on l'assassinera, je vous le jure. Je vous le dis messieurs, Haïti c'est mon pays, mais je l'oublie, moi. Je l'enraie sur mon carnet. Je vis dans un pays béni, comme moi aussi je suis bénie. Mes enfants sont nés citoyens américains, je suis moi-même citoyenne américaine, j'ai ma maison, deux voitures et un compte en banque avec au minimum une provision de mille dollars. Qu'est ce qu'il me faut de plus.

La querelle est déjà outre mesure, alors que l'autre parut encore plus virulent, en jurant.

- Tonnerre ! Tu me piques les nerfs mon cher. Mais pourquoi te mentir ? Qu'est ce que tu as dans tes mains à m'attirer pour te mentir ? Je peux jurer sur la vie de mes enfants que le nègre Dorven a réussi un gros coup dans le réseau, lequel coup lui a procuré de l'argent.
- Tu mens comme un chien.
- Je dis vrai, c'est toi l'ignorant, qui parle de toute foutaise dont tu ignores les origines.
- Gare à toi de parler sur ce ton et me dire n'importe quoi.
- Qui es-tu pour ne pas te dire n'importe quoi ? Vas te faire merde mon cher, imbécile.
- Vas me faire merde. Voici la merde, tiens la, lui lançant un énorme coup de poing à la tempe.

25

L'autre eut le temps de l'esquiver, lui assena une énorme frappe à la gueule. Puis, ils s'étreignirent et se heurtèrent à coup de pieds, coup de poings, coup de dents.

Un passant qui observa la scène tira son cor et se mit à vrombir. L'instrument est une corne de 85 centimètres de long, extraite d'un animal du nom de « codo », une espèce vivant dans les déserts de Yémen. Le compatriote se sert toujours de sa trompe pour prévenir la police en cas de danger, insinua-t-il.

Quelques clients se ruèrent en vain sur les furieux. Seule l'intervention de la police, finalement, avait pu mettre un terme à l'affaire en procédant à l'arrestation des deux bagarreurs.

Chapitre V

L'énorme oiseau métallique s'élançait le bec en avant, les ailes immenses et tendues, la queue rigide. Il franchissait les airs se propulsant la tête au ciel. Et la mer observée en bas à travers les hublots, était d'un bleu d'azur, parsemée de boursouflures de nuages gris blancs comme si elle revêtait de la couleur du ciel. Par endroits, des éclats de lumière pourpres scintillaient dans l'air en zébrant. Quelque part aux confins des profondeurs infinies, des forêts apparaissent désertes avec leurs broussailles et leurs arbres, tels des taches verdâtres. Et dans les précipices abyssaux, des terres se montraient rousses. La bête mécanique poursuivit sa course. Mais à vue de l'intérieur, c'était comme si elle ne bougea pas. Certains touristes blancs dans leurs sièges, étaient silencieux, somnolents. D'autres avaient leurs yeux perdus dans des revues et des livres. Tandis que les visages des voyageurs indigènes reflétaient l'impatience due aux longues heures de la traversée. En effet, dans une courte durée, l'engin devait, graduellement, chuter. Et La Gonâve apparaît telle une petite plaque sombre sertie entre les océans glauques. Les éminences dénudées des montagnes paraissent pales et immenses. Puis, tout à coup, en passant par la marée noirâtre de la « Source Puante », l'oiseau mécanique plane au dessus de Port-Au-Prince qui s'étend comme un bassin avec ses toitures grises, rouillées.

Une fine petite voix teintée de charme retentit aux haut-parleurs:

- Attention mesdames, mesdemoiselles et messieurs, nous vous annonçons que nous sommes en train d'atterrir à l'Aéroport International Toussaint Louverture, à Port-Au-Prince. Il est 13 heures 17 minutes 43 secondes. La température à Port-Au-Prince est 34° Celsius, 93° Fahrenheit. Belle journée ensoleillée. Notre traversée a été excellente. L'American Air lines vous remercie de l'avoir choisi pour votre voyage. Gardez vous attacher à vos sièges jusqu'à l'atterrissage du boeing. Merci !

Le cœur de Dorven bondit à faire vibrer tout son être, d'avoir retrouvé Haïti après quelque vingt cinq ans de vie à l'extérieur. Son père et sa mère, quoique avancés en âge, vivent encore. Il est l'aîné de quatre frères et une sœur. Sabine, la dernière, âgée de vingt trois ans, il ne la connaît pas.

Il est retourné au bercail, présentement, sans aucun parent ni ami.

L'agence qu'il avait engagé pour prendre soin de ses affaires, envoyait deux employés l'accueillir à l'aéroport.

Les premiers passagers descendirent de la passerelle de l'avion. Et, comme une file, ils se déplièrent sur la piste, chacun la bandoulière d'une valise au dos, portant à la main un sac en papier ou en plastique ou tirant un fourre-tout. A chaque guichet, ils attendaient. Le service n'était pas trop long. Dorven promenait ses yeux partout, cherchant un visage dont il pourrait se souvenir, mais en vain. En fait, tout lui était étrange et incompatible : la démarche des employés, leur comportement au travail, la misère imprimée au visage. Des mendiants habillés, sébile tendue, quémandaient partout à l'intérieur. Dans la salle d'arrivée, c'était quelque peu ordinaire, désordonné avec des gens qui saisissent les mallettes de manière sordide. Le carrousel était désuet, délabré avec quelques plaques manquantes.

La canicule était à un niveau suffocant. Les passagers restèrent attentifs à leurs bagages. Une jolie demoiselle tournait sans cesse autour du carrousel. Une monture de lunettes noire et or avec des verres purs et vitreux, chaussait ses yeux. Ses cheveux très noirs et lisses étranglés à l'arrière par une boucle en argent et le reste tombant jusque sur son dos en queue de cheval. Elle était d'un noir, presque d'une carnation brune. Son visage très sain reflétait une beauté rare. Elle était d'une grosseur acceptable, aimée de tous, (cent cinquante sept livres). La souplesse de ses démarches, la lumière de ses yeux qui filtrait dans un regard trop fin, tout contribuait dans un ensemble, l'assimilant à un personnage mythique vivant dans un monde réel.

Dorven, le vigilant chasseur l'avait vite lorgné, comme tout homme l'aurait d'ailleurs, et chercha ses yeux. Elle reluqua l'homme à la dérobée, puis par hasard leurs yeux se croisèrent comme deux électricités de pôles contraires, alors qu'elle était à l'opposé, de l'autre côté du carrousel.

Soudain arrivèrent les bagages du voyageur, il les rattrapa un à un. Elle se hâta de l'approcher et les saisit, un chariot était déjà tout près.

- C'est mon job de les charrier, dit-elle avec un certain malaise, mais non sans un peu de culot, je m'excuse monsieur.

Il résistait un instant en vain et restait timoré. Il ne pouvait croire qu'une si charmante jeune fille aurait fait un tel boulot, serait une débardeuse.

- Combien te dois-je, gentille demoiselle ?
- Ce que vous voulez monsieur.

29

La foule était dense, transpirante. Une dame passa tout près d'eux, lâcha un soupire, ventilant avec ses deux mains sa poitrine.

Dorven tira son portefeuille et tendit à la porteuse deux billets de cent dollars verts.

- Dis moi donc, qui es-tu ? S'enquit-il.
- Comment, qui suis-je ?
- Oui, pardon, je dirais… comme quoi, comment t'appelles tu ?
- Adélina.
- Adélina, je suis Dorven. Heureux de te connaître.
- Bonheur partagé monsieur.
- Puis-je avoir ton numéro ?
- Mon numéro ? Elle resta pensive. Apres quelques bonnes minutes de silence, elle acquiesça.

L'homme tira son carnet et inscrivit le numéro.

- Je n'ai pas le tien, dit-elle cynique.
- Tu as raison, dit-il navré. Mais c'est malheureux, je viens d'arriver, je n'ai pas encore un numéro. Donc je t'appellerai ce soir, sois-en-sûr.

Ils restèrent quelques instants silencieux, puis Dorven ajouta.

- J'ai besoin de ton aide.
- Mon aide, répondit-elle étonnée, comment ?
- Je dois appeler mon agence, est-ce que tu pourrais m'aider à trouver un téléphone ?
- Juste un instant, attends.

Elle ouvrit son sac à main, tira son portable et le lui tendit, en soutenant ses lunettes qui faillirent renverser.

- Merci mille fois déesse, fixant tout son corps pour contempler sa toilette.
- Allo ! Allo ! C'est Dorven. J'ai terminé à l'aéroport ça fait déjà une heure. Je ne parviens pas à repérer vos hommes. Donnez-moi quelques indices me permettant de les identifier.

Et, l'autre voix dans l'air répétant dans le mobile.

- Soyez calme monsieur Dorven, ils sont déjà à l'aéroport pour vous accueillir. Ils portent des jeans bleus, maillots noirs, avec en plus un badge de l'agence. Faciles à identifier monsieur.
- Ont-ils un mobile avec eux ?
- Bien sûr monsieur, trouvez-vous un moyen de noter le numéro.

Alors, la fille lui tendit un morceau de papier et une plume...

Enfin, informé des zigues, il dit.

- Bon ! Je dois te fausser compagnie, Adélina, les gars m'attendent.

Dehors l'ardeur de la canicule suffoquait l'air. Un alizé nonchalant, venant de l'orient fait trémousser les feuilles, tandis que le soleil s'enflammait sous un ciel de saphir qui s'étendait et luisait.

Ils purent à peine frayer un passage dans la foule compacte.

Chapitre VI

Port-Au-Prince, à une heure de l'après-midi, c'est une ville unique, différente de toutes les autres. Une température élevée aux alentours de cent degré Fahrenheit, sous un temps qui fume d'une braise de soleil, comme émanant de la gueule d'un cratère. La ville s'agite, grouille dans un cauchemar de fièvre. Marchands et marchandes se promènent surchargés, offrant leurs produits à tous venants. Les ouvriers des usines se hâtent de terminer leurs pauses pour reprendre la besogne d'une journée lasse. Les écoliers qui reviennent des classes se discutaillent d'un ton préoccupé, ressassant sujets après sujets. Les véhicules bariolés continuent leur course. Les vitres, en flammèches jaunes, réfléchissent les rayons diffus du soleil. Des mendiants, dans un va et vient inlassable, s'obstinent à quémander.

La route se dépliait grise et longeait droite devant la clôture métallique noir, ceinturant la devanture du bâtiment. En haut, un panneau noir et blanc indiquait : « Aéroport International Toussaint Louverture ».

La voiture partit lentement vers le sud, contourna le rond point en sens inverse, puis s'orienta vers le nord par la route de Tabarre.

Dorven se sentit étranger dans son propre pays. Au carrefour Clercine, une station d'essence SHELL équipée d'une épicerie, dessert tout le quartier. Il y a, juste en face à gauche, un petit parc d'attraction où s'asseyent quelques mecs, se raffolant de l'ombre. Elle tourne à droite vers l'est sur le Boulevard Quinze octobre, jusqu'à proximité de la fondation de l'ancien président. Le monument d'un galion, peut être un négrier, juste en face de la fondation, divise le boulevard en deux.

- Ça fait longtemps depuis que vous quittiez le pays ? interrogea le chauffeur.
- Vingt cinq ans.
- Ah oui ! Un quart de siècle.
- J'avais seize ans.
- Vas plus lentement, suggéra l'autre employé, ça lui permettra de contempler le paysage et par conséquent de refaire connaissance avec son pays.

La voiture roulait lentement et débouchait sur une longue haie murée, de couleur beige. La clôture fermait une vaste étendue en pleine végétation. La flore était merveilleuse.

- C'est le domaine de l'ancien président, lui apprit le chauffeur, avec sa maison à l'intérieur. Une toute petite maison, mais très belle en vérité, un petit château, dirait-on.

Elle continua d'avancer toujours lentement, côtoyant le côté droit de la route, car les conducteurs filaient tellement pressés, on pourrait croire qu'ils se trouvent sur la plus moderne des autoroutes du monde. Des tombereaux lourds, chargés de sable, de roches ou de gravillons, roulaient en ronflant. Trois robustes « tout terrain » UN avec chacun à bord un couple de soldats casques bleus se précipitèrent de dépasser une voiture, puis enfin l'acculèrent.

La maison des concessionnaires Hyundai se trouvait sur le côté gauche du boulevard. De là, on pouvait percevoir en ligne de fuite, suivant une vue peu lointaine, la perspective de « BelleVille », petite cité romantique à l'européenne, issue de conception d'une architecture moderne, spectaculaire. Faisant une traversée plus courte que d'ordinaire, puis qu'ils ne fussent pas trop pressés, ils se retrouvèrent à Pétion-Ville ; l'ancienne ville bourgeoise, si précieuse dans le temps. C'est une ville, pareille à une cité de granite, construite sur les hauteurs d'une montagne avec ses maisons antiques, mais propres et luxueuses. Jadis, lorsqu'on parlait de Pétion-Ville, on s'imaginerait une ville somptueuse et mondaine, étoffée d'une sorte de traditionalisme à la française.

La voiture fila le long de la clôture de la nécropole, jusque devant le marché en plein air.

- Vous dites que vous avez quitté le pays à seize ans cher Monsieur ? Reprit le chauffeur ?
- Oui, bien sûr.
- Connaissiez-vous cette ville ?
- A dire vrai, non.
- C'est Petion-Ville. Une cité merveilleuse, perchée sur les hauteurs, avec ses anciennes maisons. Elle fut construite en 1831 par l'ancien président Jean Pierre Boyer…C'était une très jolie ville dans le temps, ajouta-t-il. On dirait une petite cité féerique, merveilleuse où l'on pouvait contempler à plaisir de fascinants petits châteaux. A présent, elle semble tombée en ruine.
  - Ah oui ! C'est malheureux franchement. Mais, comment expliquez-vous une telle déchéance catastrophique de la ville ?
  - C'est que Monsieur, le prolétariat, ou peut être la classe moyenne qui rêve constamment d'une vie bourgeoise et fastueuse et qui convoite ce lieu, tente toujours d'y accéder. Alors les grands nègres, les gens de bien dit-

on, déménagent tout bonnement et finissent par leur laisser ce territoire. Ainsi vous pouvez comprendre que ce peuple sans richesse, aidé des politiciens malfamés de tous poils, l'ait transformé en cette espèce de baraquement que vous voyez.

- Ah ! C'est vraiment triste de voir ça.

La voiture escalada la rampe de la Rue Pan américaine, puis voltigea le reste de la route en ronflant.

- Votre famille, la laissez-vous là-bas, monsieur ? Lui questionna l'autre.

Dorven se sentit un peu coincé, quant à cette question. Il s'efforça quand même de fournir une réponse.

- Alors…oui…je vis seul.

La voiture progressa dans sa course, grimpant le tertre montagneux de Laboule. Ils se demandèrent où va-t-on trouver un plateau, qui leur servirait de palier.

La route paraissait longue, telle une bande grise noire, tirée au dessus de la verdure luisante encore baignée de la clarté du soleil. Laboule, Fermate, Thomassin, Kenskoff, ces quartiers en série furent parcourus un à un. Furcy s'exhibait géant, plantureux dans l'exubérance de sa richesse et son arrogance.

La voiture s'arrêta près d'une barrière moderne, architecturalement travaillée dans une ferrure monumentale, cavalière. Des fleurs de genres divers et de toutes les couleurs s'étalaient le long d'une haie en pierres massives et épannelées.

L'autre employé descendit, tira de sa poche un trousseau de clefs. Il fit glisser la barrière sur sa coulisse. Le chauffeur la franchit lentement. La cour était toute arborée de plantes diverses. Sur chaque pieu de la barrière est fixé un lampadaire. Se trouve juxtaposé à chacun des pieux, un sapin bas avec une coiffure ronde, très bien rasée. Sur les côtés gauche et droit, des cocotiers moyens s'étendent sur des hauteurs moins imposantes. Un peu à droite, près de la clôture, un énorme figuier montait droit, vigoureux, comme quoi il surveillait le domaine tel un fidèle concierge depuis cela des âges. De son ombre jaillissent des reflets noirâtres, tamisés de taches jaunies, couleur d'un soleil moribond. Tandis qu'en arrière plan, un chêne montait haut, très haut dans sa grandeur infinie, laquelle semblerait toucher la voûte azurée. Des espèces de fleurs, tels des balisiers, feu du paradis, orchidées et roses vermeilles étendent leur diversité en couleur. Et, sur une éminence à l'intérieur, perdue dans un feuillu d'ombre verdâtre, la maison parait surplomber toute la nuance de fleuron.

- Oh ! Exclama l'étranger ébloui, un paradis, un vrai paradis.

Tandis que les deux autres s'affairaient à décharger la voiture.

Chapitre VII

L a chapelle de Saint Gérard égrenait les sept coups de tintamarre, marquant l'heure. La famille entière s'installa au salon pour les nouvelles. Une masse de ténèbres s'étendit brusquement sur toute la ville avec la plus grande complicité de la nuit. Le père Beaujour vint de rentrer. La mère se leva, de mauvaise grâce, le visage exprimant la frustration de tout un siècle, dirait-on. Les autres la suivirent un à un, chacun faisant sa route vers une chambre ou la galerie. La bonne a eu du mal à allumer la maison. La voix d'une marchande de bougies troua la nuit en vociférant sa marchandise.

Ce black-out, un sempiternel défi à l'état, aussi frustrant que dégoûtant, auquel on n'arrive plus à pouvoir s'adapter...

Le mobile d'Adélina retentit de trois coups.

- Allo, partit sa voix fine, filtrant l'appareil dans son voyage.
- Allo Adélina, répondit une voix pas trop familière.
- Qui veut lui parler ?
- Dorven. Dis lui que c'est le type qu'elle avait rencontré à l'aéroport cet après midi.

- Oh, Dorven ! C'est surprenant franchement. Je ne m'y attendais pas vraiment. Je ne savais pas que tu allais m'appeler si vite.
- C'était promis, tu sais.
- Oh oui, je sais.
- Je t'ai appelé pour te donner mon numéro.
- Attends, juste un petit instant… Vas y maintenant.
- Le 586 1919.
- Quoi ?

La voix reprit le numéro à son oreille.

- Très bien, je l'ai maintenant. Ta traversée de l'aéroport à ta maison, comment ça a été ?
- Très bien, merci. Tu étais inquiète pour moi, parait-il.
- Tu sais, personne n'est exempt dans ce pays avec ce climat cruel d'insécurité qui s'intensifie d'heure en heure, de minute en minute et qui rend incertaine chaque vie, surtout pour un « diaspora » comme toi, à peine débarqué, c'est pire.
- Bon ! Au fait, c'était bien, ma traversée. Les deux zigues qui étaient venus me chercher m'ont fourni un excellent service, sans reproche. En fait, sans perdre de temps, ils me sont devenus mes deux meilleurs amis. Ils observèrent un moment de silence. Mais, dis-moi donc, Adélina.
- Te dire quoi ?
- Que faire pour te voir ?
- Je ne sais pas. Tu… tu peux quand même venir chez moi si tu veux.
- Maintenant même, s'il le faut.
- Comment le pourrais-tu ? Tu vas venir toi même? Peux-tu faire ça tout seul ?
- Un de mes amis m'accompagnera.

- Non Dorven, n'exagère pas, c'est trop imprudent. Il est préférable que tu viennes demain ; non après demain, ce serait mieux pour moi, pour toi aussi.
- C'est vraiment dommage.
- Je regrette, mais tu dois attendre. Je m'excuse, Dorven, mon téléphone n'a plus d'énergie. Je suis bien obligée de te fausser compagnie. Tu ne m'en veux pas j'espère.
- Non Adélina, voyons. Ce n'est pas ta faute. Bonne nuit.
- Bonne nuit à toi aussi.

Raccrochant le téléphone, Dorven continua d'explorer sa nouvelle maison et ses alentours. Il la trouve très compatible à son goût. Charmante et luxueuse, elle est aussi précieuse que n'importe quelle demeure implantée sur les côtes d'azure en France ou à Venise en Italie. Confié à un architecte décorateur pour les décors, bien avant son arrivée, l'intérieur était admirable avec la disposition impeccable des meubles. Une peinture surréaliste signée J.R Gérôme était suspendue sur un mur blanc, juste à l'entrée.

Un peu plus tard dans la nuit, comme convenu, un homme et deux femmes étaient amenés pour la domesticité. L'homme devait entamer son boulot le soir même. Michel fit hurler son cor de klaxon. L'homme s'empressa d'ouvrir en faisant glisser la barrière. La voiture rentra en ronflant, et le phare projetait ses puissants rayons qui éclairèrent toute la cour, firent luire le feuillage. Et la lune brillait de ses reflets d'argent.

- Mr Forest, appela-t-il.
- Oui Michel, j'écoute.
- Je devais vous emmener ces gens. Normalement ils devraient être ici avant demain.
- Parfait, lui répondit Dorven.

Les domestiques furent tous trois accroupis près du portail.

- Venez donc « mesyedàm », suivez-moi. Tenant la poignée de la porte, Michel les fit signe d'entrer.

Soulevant les pieds avec précaution, ils traversèrent l'embrasure de la porte.

- Ce sont ces trois personnes qui doivent travailler ici Mr Dorven. Comment vous nommez vous « mesyedàm ».
- Alice, répondit l'une des deux femmes.
- Elmise, répondit l'autre.
- Haristhène, intervint l'homme un peu timide, mais on m'appelle Thène, en faisant craquer ses doigts avec un petit sourire flatteur.

Dorven ne fit que hocher sa tête affirmativement sans même dire son nom.

- Vous m'excusez Monsieur Dorven, dit Michel, je vais leur montrer la maison.
- Quand vous aurez fini, rejoignez-moi ici, avant de partir.
- Entendu, cher monsieur…

Michel, outre qu'il ait fait une besogne de toute conscience pour son employeur, est doublement intéressé à servir cet homme si généreux. Cet après midi, il les gratifie de cent dollars US chacun, lui et son collègue Marc André. Avec les deux servantes, celui-ci parcourut la maison toute entière en assignant à chacune d'elle sa tache. Après son tour avec Thène sur la cour et dans le jardin, il les conduisit à la dépendance. Les deux femmes vont se partager une chambre du réduit. L'autre est réservée à Thène.

Dans le salon, il rejoignit Dorven.

Ce dernier consulta sa montre, il était onze heures cinquante minutes.

- Est-il trop tard, Michel ?
- Pour faire quoi ?
- Sortir faire un tour.
- Sortir faire un tour ! S'étonna-t-il, à cette heure ! Ah, il vous faut du temps pour comprendre ce pays. De toute façon, ici monsieur Dorven, on ne sort pas la nuit, même le jour est risqué.
- Autre chose, Michel. Soudain il s'est tu.
- Quoi Mr ?
- Pouvez-vous m'aider ?
- En quoi ?
- J'ai besoin de filles, beaucoup de filles, de belles filles.

L'interlocuteur a failli éclater de rire, mais il s'évertuait à garder un ton sérieux.

- Je vous le promets. Ce ne sera pas difficile, je pense. Vu l'heure indue, Mr Dorven, je dois partir. Il lui tendit la main en disant, bonne nuit.

Chapitre VIII

Marc André et Michel ne se tardaient pas à s'entretenir, quand ils se sont retrouvés le lendemain à l'agence.

- Je suppose que tout a été bien pour toi hier, après mon départ, Michel.
- Je suis rentré chez moi après minuit.
- Après minuit ! Tu dois être un mec supra humain. Je ne te connaissais pas si brave, en vérité.
- En fin ! En expirant, tu sais, je devais prendre en charge le blanc. Il est un étranger d'ailleurs, ignorant tout dans le pays. Quand on fait quelque chose, on le fait entièrement, question de conscience.

Ils étaient près du grand comptoir, avec leur regard tourné vers une baie où les persiennes laissent passer un pan du ciel glauque. La secrétaire qui vaquait à mille occupations, parait-il, feignit ne pas les entendre.

Dans le salon d'accueil, quelques clients attendirent assis.

- Devine Marc André.
- Quoi ?

- Il me demande des filles, en chuchotant tout bas. Des filles à profusion.
- Quoi ? Fit-il en esclaffant. Ce ne sera pas si difficile, en tout cas. Il a de l'argent, il est beau. Il possède tous les atouts nécessaires pour élever un harem aujourd'hui même s'il veut.

La secrétaire qui faisait pivoter son fauteuil, an agrafant quelques papiers, sourit.

- Men, pou m fran avè w zanmi m, m pa konn kote nèg la defounen lajan sa a (Mais, pour être franc mon ami, je ne sais pas d'où a-t-il extrait toute cette fortune).
- Sa w ap rakonte la a Michel, ou gen lè pa t tande. Se 25 an wi nèg la di w li fè Nouyòk (Qu'est ce que tu racontes Michel ? Il te semble n'avoir rien saisi, toi. Il a passé 25 ans à New York, le type).
- C'est évident, il a passé vingt cinq ans là-bas, mais quel boulot faisait-il pour pouvoir accumuler tout cet argent ? Quelle est sa profession ?
- Nous ne savons rien ni toi ni moi, mais si on peut se confier aux « on dit », dans ce pays tout est possible.
- Pas par le travail, de toute façon. Sur cette terre, personne ne peut être riche par le travail, pas même un seul. Dans le système de néo esclavagiste, on n'est autre que le pilier sur lequel l'exploiteur tient son assise pour faire sa fortune.

La secrétaire les reluqua sournoisement.

- Autre chose Marc André, s'éloignant du comptoir en sortant par la porte principale. J'ai bien réfléchi depuis hier soir et je suis parvenu à une conclusion. Tu m'écoutes ?
- Vas y Michel, je t'écoute.
- L'homme, il est très riche, en même temps très généreux avec les femmes, en ce qu'il parait.

- J'ai eu le temps de faire la même remarque, moi aussi. Et alors ?
- Je pense monter un coup avec Sabine.
- Comment ? Avec Sabine ? Je ne comprends pas.
- Ecoute, Marc André. Le père de Sabine, ce prolétaire qui a vendu toute sa force de travail dans les domaines de ce féodal, n'y peut rien aujourd'hui. Toi et moi que pouvons nous, si non que plaindre avec eux, alors qu'entant que leurs meilleurs amis, nous sommes témoins de leur dure épreuve après la perte de leurs deux fils lâchement criblés de balles. Et le père Germain a du s'endetter jusqu'au cou pour les funérailles.
- Je t'entends, Michel et je comprends très bien ton point. Mais vraiment, un coup avec Sabine, je ne vois pas comment vas-tu te démener pour réussir cette sale besogne. J'admets ta volonté manifeste à voler au secours de cette famille en difficulté, mais aussi, blesser la morale d'une belle gosse à ce point, est impardonnable.
- Dans la vie il faut tout tenter. Qui sait ? Parfois on se sert d'un mal pour réussir un bien…
- Ce ne sera pas du tout facile, Michel. D'autant plus que Sabine n'est pas la fille idéale pouvant jouer le rôle d'une prostituée.
- Je vais tenter ma chance de toute façon.

**

Suivant toutes les indications d'Adélina, Dorven, au volant de sa BMW flambant neuve, tout terrain, fit le trajet Furcy - Carrefour Feuille. Tout au long du parcours, lui et Adelina étaient restés liés par téléphone. Près du Sanatorium comme de coutume, la rue était surpeuplée des habitants du quartier, des passants inconnus, déambulant librement, des ouvriers et des marchands qui revenaient esquintés, fourbus, après une rude journée d'intenses besognes. Un peu au coin, près d'une énorme pierre non loin d'une pile d'immondices, une marchande de frite s'installait derrière sa barque. Une chaudière encroûtée sur un feu couleur de braise, réchauffait tout l'espace vital. Déjà deux de ses clients attendirent impatiemment. Un ballon de football botté fortement par un puissant tireur, a failli renverser la chaudière.

Adélina attendit les yeux rivés au carrefour. Une voiture déglinguée, en grimpant le morne, laissait entendre un bruit de ferraille, comme quoi elle succombait sous le poids de sa vieillesse, alors que son pot d'échappement vomissait une traînée noirâtre de dioxyde de carbone, d'une odeur répugnante de gaz brûlé.

Ce fut telle une levée de rideau sur un grand spectacle, quand le Tout terrain, luisant de sa couleur grise cendre, vint s'éteindre jusqu'aux pieds d'Adélina. Les rayons encore enflammés d'un soleil couchant, tamisaient les feuilles d'un arbre, depuis l'autre monticule à l'ouest, puis vinrent se mêler à la brillance argentée de l'engin. Le jeu cessa soudainement. La marchande négligea ses activités d'épluchage et de cuisson, se glissa la tête dans la foule. Un chien famélique qui se trouvait tout près de la barque s'empara d'un morceau de viande, s'enfuit en voltigeant la chaudière. Voyant filer l'animal à toute jambe, la marchande se rua sur une pierre, la lança furieusement en direction de la bête qui se cabra en s'esquivant. Des curieux s'attroupèrent, rivant leurs yeux et se perdant dans une contemplation exorbitée. C'était comme s'ils s'interrogeaient, se demandant comment Adélina a-t-elle eu le culot pour entraîner un personnage de si grand calibre dans ce quartier.

Prenant par la main son hôte, elle suit lentement la trace sinueuse du corridor délabré. Ils descendirent une pente glissante, traversèrent un ponceau en bûches, vaguement jetées sur un ravin, grimpèrent l'autre versant rugueux, en se faufilant entre les huttes bousillées et disposées en un amas de baraquements sordides. Traversant une ruelle délimitée par un mur enchâssant un arbre à pain, ils arrivèrent enfin à destination. C'était la maison d'Adelina en face. Une vieille maison aux murs bleu-sombre, avec des enclos de tiges de métal soudés, de couleur blanche rouillée, teintée de jaune, autour de la véranda. Ils marchèrent à pas lents et se parlèrent en souriant. Un perron de trois marches leur donna accès sur la galerie, en passant par une vieille porte en fer forgé.

-   Enfin Dorven, j'habite ici. Notre maison est modeste. Je suis la dernière née de cinq enfants de ma famille. Nous sommes tous grandis ici. Nous ne connaissons que ce quartier et notre maison. Nous pouvons être pauvres ma famille et moi, mais deux choses indispensables constituent notre richesse et notre bonheur : notre honnêteté et notre moralité ; elles nous sont chères.
-   Il y a aussi ta beauté, Adélina. Cette splendeur si rare en toi que tu dois vanter. Une égérie comme toi, tu pourrais être l'objet de fertiles inspirations pour n'importe quel grand artiste, poète ou romancier.
-   Ma beauté, oui. Elle est toujours fascinante, la beauté, mais aussi éphémère et fragile qu'une fleur ébranchée, suivant la personne qui la porte.

Ils étaient encore sur la galerie, debout. Ouvrant la porte principale de l'immeuble, elle l'introduisit au salon et le fit asseoir sur un sofa d'acajou capitonné d'un rembourré plastifié.

-   Attends moi un instant, dit elle délibérée, je vais appeler mes parents.

Elle revint, accompagnée du vieux couple qui la suivit. Puis toute souriante, elle dit :

-   Dorven, ce sont ces deux là, mon père et ma mère.

Il se hâta de se mettre debout et les salua en déclinant son nom. Les deux parents assoyaient sur le fauteuil à deux, l'un à côté de l'autre. Adélina, elle, se mit sagement à côté de l'homme.

- Vous êtes de Port-Au-Prince, monsieur Dorven ? Commença le père.
- Oui monsieur, de Port-au-prince.
- Et de quelle famille ?
- De la famille Marc Forest.
- Marc Forest, Marc Forest. Je me souviens avoir déjà entendu ce nom quelque part, dit il en fouillant sa mémoire de manière méticuleuse. Mais…pardonnez moi, je ne peux pas me rappeler vraiment. Vous savez, avec l'âge, la mémoire me fait défaut. Apres un court moment de silence. Vous vivez ici ou ailleurs ?
- Je viens de rentrer au pays ça fait seulement dix jours. J'ai passé vingt cinq ans aux Etats-Unis.
- De toute évidence, vous aviez laissé le pays très jeune.
- Ah oui, monsieur Beaujour, à seize ans.
- Oui bien sûr, vous avez passé un quart de siècle là-bas, c'est toute une vie.
- En effet, fit l'étranger d'un sourire timide.
- Vous êtes en vacance ? Je suppose. Vous allez retourner tout de suite reprendre vos activités.
- Ça peut vous surprendre, mais, je ne vais pas retourner là-bas. Apres toutes ces années en pays étranger, je décide de vivre dans mon pays, et ceci pour le reste de mes jours.
- Depuis votre voyage, combien de fois êtes vous revenu au pays ?
- Cinq fois déjà. La dernière, c'était pour les funérailles de mes deux frères tués par balles.
- Deux frères tués d'un seul coup ? S'étonnèrent ils.
- D'un seul coup.

- Oh ! Tous nos regrets, monsieur Dorven, s'exclamèrent ils navrés.
- Merci !
- Vos père et mère, vivent ils encore ? Où sont ils ?
- Non ! Ils sont décédés, pas trop longtemps.
- Ah ! Vous vous êtes beaucoup endurés, pauvre garçon, intervint la mère, le regardant fixe, en hochant sa tête profondément affligée.

Adélina se montra très triste, très embrouillée ; puisque l'homme lui avouait déjà, qu'il est revenu pour la première fois depuis ses vingt cinq ans ailleurs. Pas même une seule fois, pendant leurs entretiens dix jours durant, il a fait mention de ces décès.

Jetant un bref coup d'œil sur sa fille, puis tournant son regard vers sa femme, père Beaujour continua.

- Bon! En somme, monsieur Marc Forest, que faites vous dans la vie ?

Alors là, l'entrevue du père avec ce « diaspora » à peine dédouanée à l'aéroport Toussaint Louverture, semble vouloir prendre une autre dimension. Et le gentleman commença à se sentir acculer dans ses petits souliers, ne sachant quoi répondre. Pourtant, une seule réponse vaudrait mieux pour lui et solderait au silence cet interrogatoire si impromptu à l'endroit d'un homme riche débarqué dans ce quartier mal-en-point avec son million. Mais ce serait trop impoli et de surcroît arrogant de sa part. Il se contenta d'intervenir ainsi :

- C'est une longue histoire, monsieur Beaujour.

- Vous savez, monsieur Marc Forest, vous pourriez me trouver un peu malséant, mais nous vivons une situation assez exceptionnelle et brouillante dans le pays ces temps ci. On doit savoir à qui l'on a affaire.
- Ah ! C'est vraiment cafouillant et confus, intervint la mère en faisant une petite grimace avec sa bouche telle une manie.
- Parfois on se demande comment est ce que ça va tourner, reprit père Beaujour. Personne ne sait ce qui lui réserve l'avenir. Ici on ne connaît personne. On ignore qui est qui, qui est quoi.
- Dès ma première minute dans cette maison, je puis remarquer qu'elle abrite une très modeste et respectueuse famille. Vous ne le regretterez pas monsieur Beaujour, je ferai de mon mieux, croyez moi, pour être sincère.

Voulant mettre un terme à la gênante conversation de son mari avec l'étranger, la vieille Madeleine Beaujour, se décida d'intervenir à nouveau.

- Mon mari n'est qu'un homme angoissé qui a trop vu pour son âge, monsieur Dorven. Il est normal qu'il parait curieux. C'est peut être inconvenant pour vous, mais il nous fallait un peu de lumière. Nous sommes heureux de faire votre connaissance aujourd'hui. Nous vous laissons en compagnie de notre fille, bonsoir.

Reprenant le même trajet, jusqu'aux abords de sa voiture, Dorven fut l'objet d'une scène non moins silencieuse, mais spectaculaire. Des badauds poussaient leurs curiosités obstinées même à travers les interstices des cahutes. Tout le quartier était déjà au courant de ce personnage de marque, en visite chez les Beaujour. Chacun soutenait sa spéculation que c'est un ministre, le chef du cabinet du président de facto, un ancien sénateur déchu de la dernière législature, mais très riche en vérité, un grand commerçant du bord de mer, vivant dans le marquis pour avoir été victime des affres de colère du peuple. Enfin, d'autres soutiennent avec force geste que c'est le plus grand narcotrafiquant notoire de la bourgeoisie haïtienne.

Chapitre IX

Après trois mois d'exploits sexuels, les dégâts causés par cet homme sont énormes, voire désastreux. C'était comme planifié, la bourrasque qui emporterait les jeunes de ce pays, telle la moindre particule de poussière.

Dans ce pays tiers-mondiste, pauvre, très vulnérable quant à la propagation de ce mal, elles sont cent mille fois ciblées, exposées, ces jeunes filles.

Et les frappes de cet homme méchant, ne pardonnent pas. Il est comme un monstre parti en guerre contre une nation.

Dehors, près du portail, le klaxon hurla de quatre coups nourris. Thène se précipita, fit glisser la barrière sur sa coulisse. C'était le chauffeur, un petit vieux rabougri avec sa barbe grisâtre et crépue, ses pieds cambrés, son visage en forme de losange, allumé par ses yeux vifs. Il franchit le passage doucement. Un couple, assis sur la banquette arrière s'entretint de manière discrète. C'étaient Michel et Sabine. Ils descendirent tous les deux. Le chauffeur eut soin de bien garer la voiture avant de se diriger vers Thène. Ils se lancèrent dans des palabres de 'boules de borlette'. Michel et Sabine prirent la direction de la porte d'entrée. Thène a eu le temps de remarquer la forte ressemblance de la visiteuse à son patron, mais il s'est tu. « Je wè, bouch pe (les yeux ont vu, la bouche s'est tue) », lui dit souvent sa grand mère ou encore « mache pye w rete bouch ou (marcher toujours avec la bouche bâillonnée) ».

La fille a pris siège au salon. Dorven était dans sa chambre. Michel courut lui annoncer la présence d'une rare beauté.

Elle était éblouie, épatée de ce quartier bourgeois qu'elle n'a guère fréquenté. Plantée dans cette maison, c'était comme si elle se trouvait en plein univers d'un conte de feu.

Les deux hommes l'approchèrent un par un. Elle a failli succomber d'une commotion brutale qu'elle ne pouvait s'expliquer. La présence de l'inconnu a produit sur elle un drôle d'effet. Jusqu'au tréfonds d'elle-même, elle était troublée.

- Sabine, lui dit Michel en souriant, je te présente Dorven. C'est un ami que j'ai rencontré il y a quelques mois, mais un fidèle ami, en vérité. Peut être que tu me trouves malséant, en te présentant à un ami à moi, un inconnu d'ailleurs.
- Je suis Dorven, lui tendant la main souriant.
- Bonsoir monsieur, lui tendant la main réciproquement, je suis Sabine.

Etrange, elle semblait se refermer sur elle-même de plus en plus.

- Je trouve que Sabine est très ravissante, la complimenta-t-il, mais aussi très timide en ce qu'il parait.
- En effet, fit Michel. Qu'en penses-tu, Sabine ?
- C'est vrai, je m'en suis rendue compte. Je n'y peux rien, c'est inné.
- Attendez-moi un instant, dit Dorven.

Il se dirigea vers l'interphone, appela Alice. La dame leur arriva au salon, un madras blanc nouant sa tête, un tablier de la même couleur s'étendant depuis la poitrine jusqu'au genoux.

- Il te faut nous servir, Alice. Qu'est ce que tu prends, Michel ?
- Du rhum glacé.
- Et toi, Sabine ?
- Un peu de vin blanc.

Après que les verres aient été servis, Michel recommença.

- Sabine et moi nous sommes amis, ça fait très longtemps. En fait, je suis l'ami de toute la famille.
- C'est bien ça, reprit Dorven, parfait.

Ils bavardèrent, tous les trois longtemps en buvant ; Sabine était très sobre.

- Pourrais-tu m'attendre ici, Sabine? La supplia Michel. Je vais avec Oblijan, faire une commission, pas trop loin.
- Avec ton inconnu, dois-je rester ?
- Inconnu oui, mais quelqu'un de bien, avec qui tu n'auras pas à avoir de grelots. Ne crains rien. « Se zanmi m (c'est mon ami) », dit il souriant, en se déplaçant.

Dehors, le moteur se mit déjà à vrombir. Les pneus firent un bruit de clavier sur les grains d'agrégats. Dorven ingurgitait sa boisson.

- As-tu l'habitude de venir ici, Sabine ?
- Où ça ?
- Ici à Furcy.
- Non, pourquoi ?

- Rien du tout, je voulais tout simplement être curieux. Après un moment de silence, il lui dit : Pas trop loin d'ici, il y a un jardin, on s'y amuserait mieux.

Laissant les verres sur la table vitrée de la salle à manger, celui de Sabine à moitié rempli évidemment, ils sortirent par la baie principale. Juste avant de traverser la barrière, l'homme chaussa ses verres de soleil. A peine quelques pas dans la rue, ils ont croisé deux paysans qui les saluaient en faisant un petit commentaire.

- Ces deux là ils sont frère et sœur, il n'y a pas de doute là-dessus, dit l'un d'entre eux.
- Ah, combien ils se ressemblent, répondit l'autre. Peut être qu'ils sont jumeaux.
- Entends tu ça Sabine ?
- Bien sûr.
- Qu'en penses-tu ?
- Ça arrive que des personnes se ressemblent. Je ne m'étais pas rendue compte. A mon retour je consulterai un miroir.
- Ma foi non, on ne peut pas se ressembler, toi et moi.
- Pourquoi ?
- Parce que tu es trop belle.
- Toi aussi tu es beau.
- Vraiment ? Merci !

La mi-journée était relativement chaude. Les feuilles, luisant sous les rayons torrides du soleil, s'étaient soumises à un vent faible qui les fit frémir. Une colonne d'oiseaux noirs se mouvait là haut en se propulsant, les ailes tendues, leurs cris rauques importunant l'azur. Juste à côté, passa un cavalier dont les sabots de sa monture martelaient le bitume qui faisait un bruit sec.

A cinq cents mètres de la sortie de la maison, ils bifurquèrent sur une route vicinale et se faufilèrent dans un champ. Quelques arbres géants ombrageaient l'espace. Les voilà sous les feuilles, assis sur un rocher de couleur brune, protégé par une toiture florale, près d'une tanière solidement construite en pierres brutes non taillées, telle une sorte de grotte. Un eucalyptus embaumait l'air boisé du jardin de son émanation aromatique. Ainsi, commença Dorven.

- Veux-tu me pardonner, Sabine ?
- Te pardonner quoi ?
- Il m'arrive quelque chose que je ne peux pas m'expliquer, je dois te l'avouer. Tu m'écoutes ?
- Vas-y donc.
- Il m'arrive pour la première fois d'aimer quelqu'un.
- Qui alors ?
- Toi-même.
- Ah bon ! Tu vois ça hein. C'est marrant en vérité. Bizarre aussi, réagit-elle avec désinvolture. Toi aussi, veux-tu me pardonner ?
- Bien sûr. Te pardonner quoi ? De ton amour toi aussi ? Demanda-t-il l'air curieux.
- Oh non, quelle idée ? En ce qui me concerne je te demande pardon pour ma mémoire, J'ai oublié ton nom.
- Dorven.
- Ce n'est pas le nom complet, quand même.
- Dorven Marc Forest.
- Marc Forest ?
- Oui Marc Forest, pourquoi, fit-il anxieux ?
- Tu plaisantes. Observant une pause, elle reprit, à part quelques cousins et cousines à moi, que j'ai tous connu d'ailleurs, je ne connais d'autres gens qui portent ce nom.
- Qu'est ce que tu racontes, Sabine ? Toi aussi, tu es Marc Forest ?
- Bien sûr monsieur Dorven, mon nom complet, Sabine Marc Forest.
- C'est vraiment bizarre. En passant, où est ce que tu habites ?
- Au Bel Air.

Ils restèrent un moment silencieux. Dorven se mit à réfléchir. Il fouillait les recoins de son passé d'enfance dans cet univers malsain, mais en fait le sien, dans le temps.

- Bel Air, c'est vraiment vaste en ce que je sais.
- Justement pour me situer, j'habite à la Rue Rouille, mitoyenne avec la chapelle Notre Dame du Perpétuel Secours.
- C'est exactement mon quartier, pensa-t-il, sans révéler quoique ce soit à la fille. Mais, pour être plus certain de cette relation, une autre question, une toute dernière.
- Ton père, comment s'appelle-t-il ?
- Germain Marc Forest.

La regardant étonné, il s'est tu. Il était devenu glacé, flasque, si faible qu'une feuille pourrait le renverser. Il s'est mis à examiner tous les détails des traits physiques de la jeune fille : son front, ses sourcils, ses yeux avec cette lueur étrange, la rondeur de son cou, sa bouche si bien taillée, son nez très droit et ramassé, ses mâchoires un peu moins rondes, sa peau douce et suave, sa taille géante, sa démarche d'allure cavalière, elle a aussi un ton de gorge sarcastique quand elle rie. Tout constituerait une reproduction exacte de son portrait. Il a repris conscience.

- Elle est ma sœur, dit-il dans son fort intérieur.
- Je t'aime, Sabine.
- Tu me l'as di. Je t'aime moi aussi. Nous sommes deux Marc Forest. Cette famille n'est pas nombreuse. Je doute fort qu'il n'existe une relation génétique entre nous.
- J'en doute, moi aussi.

Puis, d'un seul coup, des pensées de toute sorte l'envahissent. Comme dans un film, séquence par séquence, toute sa vie d'enfance se déroule devant lui. Il pense rejoindre la famille, lui parler, lui implorer son pardon, mais il est trop tard, car il connaît son père, ce vieil orgueilleux de jadis. Peut être qu'il est pire, de nos jours. Dorven gardait pour lui ses réflexions.

- Comment trouves-tu l'endroit, Sabine ?
- Admirable, superbe, surtout avec ces mirabelles qui s'étendent à perte de vue tout le long de la haie. Mais, quant à cette tanière, je crains qu'elle n'y cache un dangereux animal.
- Tu as peut être raison, lui dit il en riant. On m'a appris que l'ancien propriétaire de ce domaine, un colon ; dans sa folie de peupler ce coin de terre de loups, fit venir de l'Europe un ménage de ces animaux. Comme ils sont d'une espèce carnassière et gloutonne, tu sais, ils ne sont jamais nourris à leur faim. Un jour, le hurlement des deux bêtes se faisait entendre partout, hors de la tanière et du jardin, c'était à l'époque de l'esclavage. On lançait des esclaves à leurs trousses. Ces voraces qui ont dévoré quelques uns de leurs proies étaient ivres, des heures durant. Un esclave sorcier qui passait, les fit métamorphoser. Ils devinrent deux femmes. Depuis lors il existe des loups-garous en Haïti.

Sabine riait follement.

- On va rentrer. J'espère que Michel est déjà revenu. Il te ramènera chez toi au Bel Air.

Chapitre X

Les multiples démarches qui devaient admettre son mari aux Etats-Unis, ont vite abouti. Marie Lyn fit un voyage en Haïti pour l'accompagner au consulat. Ils n'ont pas eu une nuit d'amour consommée, ce qui mettait en question leur union jusque devant l'officier de l'immigration, en charge de leur dossier. Elle avait beaucoup changé comparativement à ses premiers sentiments à l'égard de John, la première fois. Se rendant volontiers à l'homme qui ne l'estimait nullement, et la rabaissait jusqu'à l'humiliation, elle se sentait terriblement ravagée par une culpabilité qui raclait son âme, rabrouait sa conscience. Il a pris sa virginité contre un chèque de cinq mille dollars qu'elle refusait. Son intimité, sa pudeur morale devaient appartenir à son mari. Elle a payé très cher le prix de sa folie. Depuis lors, elle a perdu toute sa fierté, toute sa contenance de femme. Elle ne se sentait plus l'être fier, vertueux qu'elle était avant. Elle ne savait non plus comment compenser John de cet acte infâme, ou mieux encore, réparer ce manquement. Elle ne pouvait se disculper.

A l'Aéroport International Toussaint Louverture, John et son cousin furent présents à l'heure pour accueillir leur hôte. La foule était très compacte. D'autres individus attendaient les leurs. Nombreuses, il faut l'admettre, étaient des figures étranges et douteuses qui s'y mêlaient. De toute façon, tout est fini sans incident aucun. Ils rejoignirent leur demeure sain et sauf.

Ces poltrons de New York, dupes de se croire trop sécuriser, l'avaient beau alerter de cette panique généralisée dans le pays. Ils étaient aussi sceptiques quant à son retour aux Etats-Unis. Peut être elle est trop têtue, mais elle les répond toujours que les nouvelles d'Haïti, sont parfois dirigées et fabriquées. N'est ce pas fait exprès, délibéré de faire courir partout sur le pays, ces nouvelles horribles ? Drôle de façon de réduire à néant son industrie touristique. Mais, il faut admettre, que ce trouble d'insécurité, si épouvantable, si cruel, qui semble être fourgonné par les bras d'un fantôme, voile tout espoir de rendre le pays vivable. Cette main, visible dans la police, dans la justice, au parlement, qui touille la braise de l'insécurité. Ah ! Il faut attendre longtemps encore.

Une cousine à elle, eut même à lui déclarer qu'elle s'est entêtée, on ne peut plus, à aller décoller de son nid de misère en Haïti un « pon gongon » pour venir la faire courir ses quatorze stations de pénitence aux Etats-Unis.

- Ça m'est égal, lui répondit-elle. Je n'aurai jamais à supplier personne de m'aider.

Dans leur lit ce soir, considéré comme lit de noces ou lune de miel tardive, une prise de gueule surgit entre les deux conjoints.

- Je suis gorgé de frustrations, Marie Lyn.
- Pourquoi te frustrer tant John ?
- Toi, tu me demandes pourquoi me frustrer ?
- Oui, et alors ! Où est le mal de te poser une question si simple ?
- Peux-tu au moins imaginer à quel point je te désirais, quand tu me quittais la dernière fois, sans même un

baiser ? Quel genre de femme es-tu ? Etions-nous vraiment mariés ou non ?
- Et je suis revenue en moins de six mois.
- Pour réparer tes inconvenances, ou parce que tu m'aimes ?
- Je ne sais pas. J'ai pensé à toi. Tu es mon vrai époux.
- As-tu aussi un faux ?
- Non, ce n'est qu'un qualificatif pour renforcer le thème époux. Je suis éprise de toi jusqu'à la déraison.
- Oh ! Mes amis ! C'est toute une philosophie ça. Quel heureux et chanceux époux suis-je ?
- Je suis soucieuse. Je voulais te combler en même temps accomplir mon devoir d'épouse. Avec tous les risques que cela comporte, je suis venue, malgré tout, tu demeures le mari grincheux, insatisfait. Que dois-je faire d'avantage ? Dis-moi donc, lança-t-elle irritée.
- Permets-moi de te dire, Marie Lyn, que je suis suffisamment intelligent pour comprendre tes manœuvres et toutes tes intrigues dans cette histoire. Crois tu que je suis dupe et aussi le dernier des imbéciles ? Pourquoi subitement tu t'intéresses à moi plus que personne, alors que tu étais partie froide, indifférente après notre mariage. Pendant cinq longs mois, tu n'as donné aucun signe de vie, n'as fait montre d'aucun souci à me passer même un coup de fil, un mari que tu laisses très loin de toi, en Haïti. Aurais-tu le culot d'avoir des excuses pour m'amadouer ?
- Tu veux m'insulter, n'est ce pas John ? Tu m'accuses sans preuve, sans raison aucune. Tu m'as soupçonné d'être infidèle à toi, pas vrai, pour qui me prends tu, pour une pute de trottoir, une salope ? Est-ce que tu t'imagines un instant que je pourrais m'acheter un billet d'avion New York / Haïti, très cher d'ailleurs, pour venir entendre de ta bouche ces invectives. Avec qui m'avais-tu surprise, puis je savoir ?

- Tes agissements prouvent le contraire. Ils confirment tout ce que tu dis… Il n'y a que les hommes, ces idiots qui sont toujours prêts à se faire immoler pour les femmes, vous les infidèles.
- Vous autres, hommes, des audacieux, des méchants qui traitent des femmes, tels des cobayes.
- Peut être tu as une idée de ce que tu dis. Tu défoules sur moi-même des secrets cachés au fond de ta conscience.
- J'en ai assez, John… assez… si tu ne veux pas que je m'étrangle, vociféra-t-elle en pleurant.

Elle se tourna face au mur et hoqueta. Allongeant sur le lit, elle était si embellie, si fraîche. John se félicita d'être l'heureux conquerrant d'une si belle femme, la perle du monde. Il admira son corps dodu, bien galbé, ses cheveux qui jaillissaient épars sur l'oreiller. Ses yeux, bien qu'embués, gardaient ses reflets de cristal, de diamants, sa peau aussi suave qu'une lavande. C'était trop convoitant, en vérité.

- Je suis ta femme avant tout, recommença-t-elle. Puis-je être certaine que tu m'aimes vraiment, avec tout ce flot d'accusations sans argument à l'appui, dit-elle en se mouchant et s'essuyant les narines. Certes je manquais à mes devoirs de te laisser aussi bête la dernière fois. J'étais alors dingue, mais pourquoi ne me pardonnes-tu pas, puisque j'avoue ma faute, pourquoi hein ?

John l'attira sur sa poitrine, fouilla ses cheveux avec ses doigts. Elle souleva sa tête, fixa l'homme de ses yeux tendres puis se blottit contre lui. Il se mit à la câliner, la chatouiller, et soudain c'était comme quoi une braise ardente allait l'exploser. Elle commença à geindre, et tout son corps tremblotait de volupté. Elle fit un bond, tourna sa face vers le haut, puis, écarta largement ses cuisses. Au moment où John allait l'enfourcher, il se fut senti comme en proie à une dépression. De toutes ses forces, il lutta en vain pour reprendre son équilibre. Marie Lyn, contrariée et stupéfaite, le regarda métamorphoser : yeux exorbités et rouges, telles deux boules de flammes, cheveux hérissés, teint altéré, démonisé. Il fixa la femme avec acharnement et colère.

- Tonnè (Tonnerre) ! Hurla-t-il furieux. Tonnè (Tonnerre) ! W an dange ! Ou fout an dange timal ; m fout di w ou an dange, (Tu es en danger ! Tu est en danger, jeune homme ; tu es en danger, te dis-je), continua-t-il essoufflé.

Avec son poing, il frappa trois fois sa poitrine.

- Se mwen…, mwen Katawoulo nèg ginen k ap pale.

M rive,
M fout rive
M sòti lwen
Byen lwen nan ginen
M trese rage
M janbe dife
Pye m pa kase.

Il se leva, dansant sur un pied en chantant, tournoyant.

- Chwal mwen se chwal mwen
  Hey ! Hey fout !

M janbe malè
Hey ! Hey fout !
Lanmò pase
Lanmò vole
Zonbi tounen lafimen

Chwal a sove
Hey ! Hey fout !
Maladi kankan vant pase pa trete
Chwal mwen se chwal mwen
M janbe malè
Lanmò pase
Lanmò vole
Zonbi tounen lafimen
Chwal a sove
Maladi kankan rete lakay mèt ou, m ale.

C'est moi…
Moi Catawoulo, l'homme de Guinée,
Je parle.

Je suis arrivé
Je suis foutre arrivé
Je viens de loin
Très loin
De la Guinée
Je traverse halliers et feu
Avec mes pieds sains et saufs

Mon cheval
C'est mon cheval
Hey ! Hey foutre !
Je traverse danger et terreur
Hey ! Hey foutre !
La mort s'en va
La mort s'envole
Le fantôme se transforme en fumée
J'épargne mon cheval
Hey ! Hey foutre !
Diarrhée chronique incurable.
Mon cheval

C'est mon cheval
Je traverse danger et terreur
La mort s'en va
La mort s'envole
Le fantôme se transforme en fumée
J'épargne mon cheval
Diarrhée chronique
Restez là où vous êtes.
Je m'en vais.

Puis soudain, il transpira, transpira abondamment, se jeta sur le lit et fut emporté d'un lourd sommeil.

Marie Lyn, sous l'emprise de la peur, n'arriva pas à pouvoir interpréter le message du dieu inconnu transmis à son possédé. C'étaient des paroles codées, truffées de mystère, que seul un initié entremis entre elle et l'esprit malin pourrait lui révéler la signification de ces termes : Lanmò pase, lanmò vole, zonbi tounen lafimen, chwal a sove, maladi kankan vant pase pa trete. La phrase finale « maladi kankan rete lakay mèt ou » a retenu son attention. Il a commencé son message avec ce terme « danger » et le coït n'a pas eu lieu. A son retour à New York, elle devra consulter son médecin, de toute urgence.

Elle passait toute la nuit sous l'emprise d'une terrible commotion. L'effet de ce spectacle d'un dieu quasiment étrange qui a surpris John, et dont elle a été la spectatrice culpabilisée, l'a terrifié d'émotion. Elle eut été fouettée d'insomnie.

La nuit paraissait si longue avec des ronflements de voitures et des détonations rageuses qui explosèrent les ténèbres. De temps en temps un cri de coq, une voix ivre de colère qui s'abattaient sur la nuit et rompaient le silence, des pas pesants martelant la chaussée ; des chiens hurlaient à la mort. Un ivrogne titubant çà et là divagua à tout vent. Il est quatre heures du matin, quatre heures du matin sur une ville endormie, sombrée dans le noir. Le jour allait substituer à la nuit. Les âmes allaient se remettre pour reprendre le combat désespéré de l'existence.

- Réveille-toi, il est quatre heures.

Le dormeur recroquevillé, s'étira en tournant sur le dos, écartant ses pieds en ronflant.

- John ! Le secoua-t-elle avec force, John !
- Hum, répondit il la voix engourdie, confinée dans son gosier.
- Lève-toi, c'est l'heure.

Il fit un bref sursaut, se redressa sur le lit, le visage étrange, méconnaissable.

- Hâte-toi de te préparer, chérie, nous devons être là-bas, nous mettre en rang, à cinq heures.
- L'as-tu fait déjà toi ? En passant la main sur son visage et frottant ses yeux de manière agitée.
- Quoi ?
- Ta toilette.
- Bien sûr, je finis. Il n'y a que toi qui me retiens encore. Il est presque quatre heures quinze, dépêche-toi.

Dehors à l'est, une lueur pourpre chercha à percer une masse de vapeur grise engouffrée à l'horizon. Quelques camionnettes roulaient nonchalamment sous de faibles filets de pluie qui brouillassaient. La voiture glissa doucement sur la pente, dépassa en régressant, les quartiers Delmas 33, 31, 19, jusqu'à Delmas 3. Elle tourna à gauche et fila à Delmas 18. Ils ont bien garé la voiture, à proximité de la Faculté de droit et des sciences économiques, puis ont marché vers le consulat. Ils arrivèrent tôt, un peu avant cinq heures et trouvèrent des meilleures places. Sans perdre de temps, ils se sont retrouvés à l'intérieur, devant le premier agent qui leur remit le numéro 23, celui de chance de John, d'après son horoscope d'hier. Quelques trente minutes après :

- Le numéro 23, retentit une voix féminine dans le haut-parleur, avancez s'il vous plait.

Ils se levèrent, la femme prenant son mari par le bras, escortés du garde de sécurité, firent dix pas vers le guichet.

- Vous êtes madame ? Demanda l'officier.
- Marie Lyn C. Bèrouette
- Et vous monsieur ?
- John Henry Bèrouette.
- Qui est le pétitionnaire ?
- Moi, monsieur, répondit Marie Lyn, d'un ton sérieux.
- Dites à votre mari, que nous devons être seuls, vous et moi.
- L'appellerez-vous tout de suite après ?
- Bien sûr madame, quand j'aurai fini avec vous.

Le garde de sécurité conduit John à une trentaine de mètres du guichet.

- Vous dites vous êtes madame, reprit l'officier, la mine un peu mauvaise.
- Marie Lyn C. Bèrouette.
- Votre nom de jeune fille, pourriez vous nous le rappeler ?
- Marie Lyn Carmie Brun.
- Le nom de votre mari ?
- John Henry Bèrouette.
- Pourriez-vous me dire la date de votre mariage ?
- Le 4 mars 20…
- Vous avez été mariés où, à l'église ou chez un officier d'état civil ?
- Chez un officier d'état civil, à Port-Au-Prince.

- Lequel des officiers d'état civil de Port-Au-Prince ?
- Celui de Delmas.
- Avez-vous des enfants ?
- Non monsieur.
- Vous, madame Marie Lyn et monsieur John, est-ce votre premier mariage tous les deux ?
- Oui monsieur.
- Vous êtes venue accompagner votre mari au consulat ? Vous n'étiez pas obligée
- Oui, j'y tenais.
- Depuis quand êtes-vous à Port-Au-Prince ?
- Je suis rentrée hier.
- Quand vous vous êtes rentrée hier, aviez vous vu votre mari ou non ?
- Il a été me chercher à l'aéroport.
- Où étiez-vous la nuit dernière, à l'hôtel ?
- Chez nous à Delmas 65.
- Partagiez-vous un seul et même lit hier soir ?
- Certainement, oui.
- Aviez-vous eu des rapports sexuels ?
- Non, pas du tout.
- Ça fait combien de temps vous n'aviez pas vu votre mari ?
- A peu près six mois.
- C'est vraiment bizarre. Qu'est ce qui s'est passé exactement ?
- J'avais manqué mon mari, j'avais envie de lui comme lui aussi en avait de moi. Nous avions eu un assez long dialogue avant nos caresses. Quand il allait me pénétrer après m'avoir tant caressé, il était chevauché par un incube.
- Par quoi ? Interrogea l'officier stupéfait, les yeux prêts à s'extirper de leur orbite.
- Un esprit, monsieur, un dieu inconnu ou un loa si vous voulez. Il ne pouvait rien, se plongeait dans un profond sommeil jusqu'à l'aube.

- Est-ce la vérité, ce que vous me dites là, madame ?
- Oui monsieur, à quoi bon vous mentir ?

L'officier resta un moment pensif en hochant sa tête.

- Allez-vous asseoir madame.

Il demanda au garde de sécurité de raccompagner John jusque vers lui. Apres l'avoir assommé de questions aussi pertinentes que difficiles, il l'adressa ainsi :

- Aviez-vous des rapports sexuels avec votre femme la nuit dernière ?
- Non, monsieur.
- Vous et votre femme, depuis quand étiez-vous ensemble ?
- Ça fait six mois.
- Qu'est ce qui explique que vous n'avez pu avoir de sexe ?
- A dire vrai monsieur, je ne peux pas m'expliquer ce qui advenait hier soir. Ma femme et moi, nous étions en train de changer nos caresses comme quoi, nous vivions une douceur infinie, quand soudain je me sentais comme évanoui. J'étais emporté par un profond sommeil. Ce n'est que ce matin je me suis réveillé.

L'officier demanda au garde de raccompagner le client à sa place, puis le fait retourner Marie Lyn…

Sur le chemin du retour.

- Oh! Fit Marie Lyn, c'était assez compliqué et stressant.
- Dieu soit loué, malgré tout… Enfin, tout est terminé d'un seul coup.
- Oui, ça m'avait mis dans un fâcheux embarras, difficile à m'en sortir.

- Sincèrement je regrette…Voudrais-tu qu'on aille à l'hôtel, chérie ?
- Pourquoi John ?
- Tu sais, la maison est tellement inaccessible le jour avec un tas de gens qui y font le va et vient. C'est trop dingue comme ça.
- A ta guise mon amour, mais pour faire quoi en somme ?
- N'es-tu pas ma femme, chérie ? Qu'est ce qu'une femme et son mari puissent faire à l'hôtel, si non que l'amour ?

Marie Lyn lâcha un rire qui fit voir la beauté de sa bouche et ses dents.

- Mais hier soir, j'étais aussi ta femme, non ?
- Quelque chose de très bizarre m'était arrivé hier soir certes, mais sommes nous condamnés à subir chaque jour l'effet étrange d'un esprit jaloux ? Puis je m'abandonner à une fatalité, celle de répudier ma femme juste à cause des caprices d'un loa ?

Puis ils filèrent prestement en direction de Pétion-Ville.

Chapitre XI

C haque fois qu'Adélina devrait rencontrer Dorven, elle eut le cœur léger, largement épanoui, on dirait que c'était pour la première fois. Leur amour vieux déjà de quatre mois, devenait de plus en plus passionnant. Une semaine, sans nouvelle de lui, c'était déjà trop pour la rendre chagrine et inquiète. Un appel d'Oblijan, lui annonçant qu'il la conduira chez son amant à Furcy, l'avait beau soulager. Nonobstant qu'elle n'a pas eu ses règles à la date régulière, mais son système fonctionnait mal. Elle souffrait de terribles malaises.

Dans la grande cour du domaine à Furcy, elle se hâta de descendre la voiture et se dirigea, comme de coutume, vers la chambre de Dorven. Le grondement du moteur sur la cour réveilla celui-ci d'un léger sommeil. Adélina se lâcha sur son corps en le baisant. Il l'enlaça en introduisant sa main dans son corsage, caressant ses seins.

- Ils me font mal mes tétons, se plaignit-elle.
- Peut-être tu vas avoir tes règles.
- Mes règles ? N'en parlons plus.
- Qu'est ce que tu racontes Adélina ? Es-tu malade ?

- Malade ! Oui. Entre autre, formule-moi donc tes mensonges pour justifier ton absence. Huit jours, je n'ai pas eu même un coup de fil de toi. Comment peux-tu en sortir ? Parle donc.
- Un homme d'affaire, mais aussi un ami de vieille date était avec moi pour une semaine. Nous discutions d'affaire.
- Durant toute la semaine ?
- En tant que son meilleur ami ici, il avait beaucoup compté sur moi. Je ne pouvais pas lui manquer mon aide, tu sais. Revenons à ta situation, dit il curieux, de quoi souffres-tu ?

Elle prit sa main, la passa au bas de son ventre.

- J'attends un enfant.
- Quoi ? Enceinte ?
- Pourquoi ce cri ? Tu ne veux pas un enfant ? Tu ne le veux pas parce que tu n'aimes pas sa mère ? Tu ne veux pas la marier non plus ?
- Il ne s'agit pas de cela, loin de là.
- Mais qu'est ce qu'il y a, nom de Dieu ?
- Comment le sais-tu que tu es enceinte ?
- Ça fait des jours que ma santé est devenue fragile. Comme tu peux le constater, mon ventre commence de plus en plus à se dilater. Fort souvent j'éprouve un vertige. Devant n'importe quoi de nourriture, j'ai le cœur levé. L'odeur du café et des œufs me renverse le cœur de nausée. De temps en temps un malaise m'accable tout le système. Vois-tu, en lui montrant sa face, même mon visage, ça devient livide, les vomissements m'ont trop saccagé l'estomac.

Il se mit soudain à réfléchir. Lui Dorven qui n'a jamais aimé personne, aucune fille de toutes ses histoires idylliques et d'amour platonique. Il a bien changé. Pour la première fois de sa vie, deux êtres vibrent son cœur : Adélina dont le sentiment fort étrange commence à l'entraîner vers la passion, et Sabine sa sœur à qui il aurait légué toute sa richesse en compensation de tous ces maux d'ingratitude infligés à ses parents. Mais voici qu'il est tombé malade et n'espère plus vivre. L'enfant, lui aussi, serait né malade, voire même Adélina qui serait séropositive.

Seulement quatre mois, il y a toute une faune déjà infecté ; morgues et tombeaux attendent, largement ouverts.

Adélina, ne sachant pas à qui elle a affaire, souhaiterait plus que jamais avoir cet enfant. Lui et son père seraient deux êtres chers pouvant consoler sa vie.

- Dorven ! Appela-t-elle.
- Hum ! D'un geste éclair, tournant son visage.
- Je t'annonce ma conception, tu ne fais que pousser un cri interrogatif, sans dire mot.

Il resta toujours silencieux, réfléchit profondément.

- C'est bien dommage, médita-t-il. Si au moins elle aurait pu savoir à quoi je pense, ah...
- Tu sais chéri, revint-elle un peu calme, avant de dire n'importe quoi à mes parents, il me faut ton mot.
- Mon mot, tu l'auras mon amour, mais pas aujourd'hui.
- Pas aujourd'hui ? Fit-elle, hargneuse. Vas-tu m'abandonner avec l'enfant ou quoi ?
- Pas question de t'abandonner avec l'enfant Adélina, je ne suis pas un con. Mais tu viens tout juste de m'apprendre ton état, n'est ce pas ? Donne-moi une chance de réfléchir et de trouver une issue à notre situation. Ils restèrent un moment pensifs tous les deux. Ce sujet était d'importance, reprit il d'un ton conciliant, nous n'avions pas eu le temps de parler d'autres choses.

- Quoi alors ?
- Je pense t'emmener au Tara's, ce soir.
- Je suis tellement déprimée, tu sais.
- Oblijan va te conduire quelque part, dans les grands magasins pour faire les emplettes nécessaires. J'aimerais que tu sois très belle. Ce sera une épatante soirée, follement animée.
- Souhaitons que ma nausée cesse, et que les vomissements me lâchent. Si non, ton programme sera bel et bien gâché.

**

Le feuillage du jardin sombrait le domaine dans la pâleur fondue de la nuit. Une faible clarté d'un zeste de lune se projetait dans le noir et brillait sur les fleurs qui jaillissent en diversité de roses pourpres et blanches. Là-bas à l'ouest, dans un coin du ciel sombre, des bouffées de nuages mauves se décollaient dans l'immensité glauque. Une légère brise fit balancer nonchalamment les cimes des arbres.

Dorven tout habillé, tira son portable.

- Allo chéri, répondit la voix fine d'Adélina.
- Je ne pensais pas que vous alliez perdre tout ce temps.
- Pardon mon amour. Sais-tu, le magasin, où j'espérais trouver une jolie toilette, est fermé aujourd'hui. Nous avons du rouler à travers la ville, en quête d'un autre qui vient d'ouvrir ses portes. Là vraiment, j'ai pu trouver quelque chose de très magnifique, tu vas l'aimer. Es-tu fâché ?
- Non chérie, voyons. J'étais un peu impatient. Où êtes vous maintenant ?
- A Pèlerin.
- Avez-vous pris quelque chose ?
- Non, le temps nous presse trop. Nous ne voulions pas rester d'avantage.

- Ok, je t'attends.
- Ne t'inquiète pas, mon amour. Je t'arrive tout de suite.

Oblijan pressait le véhicule à escalader la montagne. Bien qu'elle soit l'amante d'un homme riche, capable de changer sa situation en clin d'œil, Adélina paraissait très simple, dépouillée de tout complexe de supériorité. Elle est très confortable avec le chauffeur, qui a pris l'habitude à l'appeler « Mademoiselle ». Elle se fit aussi la bonne amie de toute l'équipe domestique, en occurrence Alice, Elmise et Thène.

Depuis plus de trois mois, elle ne se rendit plus à job informel à l'Aéroport International Toussaint Louverture. La maison de ses parents, dans ce bidonville de carrefour feuille, était chiquement réparée. Elle a même planifié de faire l'acquisition d'un terrain, dans un beau quartier, où elle fera construire une maison pour la famille entière.

- Ouf ! Chéri. Je me sens vraiment fatiguée et j'ai faim en même temps. Où est Alice ? Alice, Appelle-t-elle l'air fourbu.
- Oui mademoiselle, j'arrive tout de suite.
- Fais vite de m'apporter à manger. A Oblijan aussi, sers quelque chose.
- Fais beaucoup attention pour ne pas te salir, ma chérie. Tu es si splendide.
- Merci mon amour. Je me suis évertuée à trouver une toilette convenable à ton goût, si difficile que tu es, je te connais.

**

La voiture glissait sur la pente à la vitesse moyenne. Au carrefour de La Boule 12, elle rentra à gauche, continua sa route, passa la brasserie Barbancour, évita la Route de Grenier et arriva jusqu'à la guérite, séparant le Tara's de la branche conduisant vers la maison Toto. Oblijan colla ses freins.

Il redémarra vers le club, après la permission du garde de sécurité. Près de la barrière principale, Adélina descendit la voiture dont le conducteur avait déjà ouvert les portes. Elle attendit un instant et prit Dorven par la main. Elle admira la place depuis la rentrée. L'intérieur c'était tel un décor de cinéma. Quand elle s'y est introduite, c'était comme si une fièvre morbide paralysa tout le monde. Son cavalier paraissait fier d'elle. Des yeux singuliers l'étaient opiniâtrement collés dessus, tandis que l'homme marcha à côté d'elle. Elle était telle une célébrité piquant la curiosité de tout un chacun qui l'admirait. Elle déambula dans une tenue de soirée assez élégante, peu osée en réalité, mais quand même convenable pour une bringue de la sorte : jupe gitane blanche nuancée de jaune, corsage orange dos nu, chaussures aux talons moyens en cuir beige et une paire de boucles d'oreille d'or, sertis de diamant assortissant au reste de ses bijoux dont l'éclat miroitait avec les rayons feutrés et chatoyants de la lumière. Sa coiffure étendait libre, couvrant sa nuque et éparpillait sur son dos. L'éclat de ses lunettes brillait avec celui des bijoux. Les notes sirupeuses d'une musique de fond, un troubadour, filtraient toute la salle dans un élan de tendresse, chatouillaient les fibres nerveuses de chaque âme piégée dans une sensation douce, émouvante. Le charme de la nuit était à son comble et le silence rompu. Dans ce lieu où régnait un climat d'activité folle, semelle et talons d'aiguille clapaient ensemble dans un mouvement de va et vient ininterrompu.

Sur l'estrade furent installés tous les instruments du groupe qui allait performer. Les musiciens s'apprêtaient à harmoniser leurs accords ; tantôt, un son peu long d'un sax entrecoupé de percussions de tambours et cymbales. La voix du chanteur testa les microphones « *Nu look ce soir* ».

Beaucoup de gens très somptueux s'asseyaient à leurs tables. D'autres qui placèrent des commandes, restèrent près du grand bar. Tout à coup la musique explosa. La salle était comble et mouvante. Dorven se leva, tendit le bras à sa partenaire. Ils se faufilèrent dans la foule des danseurs. Exécutant leur première danse, ils se confondirent corps et âme, les yeux fermés comme si l'univers les entourant, n'existait pas et qu'ils voyageaient dans le lointain d'un néant insondable.

Après le premier intermède, ils allèrent regagner leur table, quand soudain Adélina vit une femme qui la chercha des yeux. Interloquée pour un court instant, elle courut.

- Mirlène, exclama- t-elle en l'étreignant.
- Ooh ! Fit l'autre d'un ton long en riant, c'est pas vrai. Qu'est ce qu'il y a chère ? Tu nous as tous sevré, hein ! Quoi de neuf ?
- Ça va petite, ça va.
- Ça roule mieux pour toi j'espère. J'ai tout entendu, je suis informée de toi. Allons à ma table, allons que je te présente David et mon autre ami.
- David, c'est Adélina, une collègue à l'Aéroport.
- David.
- Adélina, en lui longeant la main.
- Enchanté Adélina. Présente toi aussi à notre ami Léopold.

Ils se tendent la main.

Ainsi, changèrent ils leur connaissance.

- Je m'excuse mes chers amis, je dois rejoindre mon fiancé.
- Ton téléphone c'est le même, n'est ce pas, demanda Mirlène.
- Le même, chère. Nous aurons à parler, appelle moi.

Elle courut rejoindre Dorven sur leur table. Léopold s'est emparé d'une obsession à l'instant même qu'il tendit la main à Adélina. Il la chercha de temps en temps dans la salle, la lorgnant partout, mais de manière très circonspecte.

La soirée était assez amusante. Oblijan et Dorven l'accompagnèrent chez elle dans la nuit ténébreuse, noircie, sans même un brin de lumière.

**

Dans la même nuit, Alice, Elmise et Thène profitèrent de l'absence de leur patron pour se complaire dans un ragot, mais très prudemment, se disant les murs ont des oreilles. Ici quand on a un « petit dégagé » surtout plus ou moins rémunéré, c'est quelque chose qu'on doit protéger, qu'il ne faut pas risquer pour des balivernes.

Ils furent assis, tous les trois, sous le grand ficus.

- Ah, ma commère, je wè bouch pe, se vre (l'on voit, l'on se tait, c'est vrai), mais entre nous, c'est permis, commença Thène.

Elmise esclaffa en se levant, puis secouant le bas de sa robe.

- Pa touye m non mazanmi, m paka ri (Arrêtez, mes amis, je ne peux pas rire). C'est quoi ça Thène ?
- Alors vous feignez ne rien voir ni comprendre. Nou tout se yon bann magouyèz (Vous n'êtes qu'une bande de magouilleuses).
- Ecoutez, fit Elmise hâtive à parler, c'est mademoiselle Adélina qui me fait pitié dans toute cette histoire. Elle ignore dans quel genre de guêpier qu'elle s'est fourrée, en vérité.

- Ah ! Mezanmi (Mes amis)! Mezanmi (Mes amis)! Fit Alice avec un doigt sur ses lèvres.
- Ecoute Thène, revint Elmise, est ce que tu avais vu cette petite fille là.
- Qui est ce alors ?
- La toute petite noire. Elle était assise seule sur un des fauteuils dans la salle à manger. C'est une enfant ça. Elle parait être entre 16 à 17 ans, pas plus.
- Il y a tellement de monde qui rentre ici, je ne peux pas me rappeler exactement, je te dis.
- Elle y était vendredi dernier, tôt dans l'après midi.
- Oh, je vois, fit Alice convaincue, une petite timide avec une coiffure d'enfant.
- Oui, c'était elle, répondit Elmise d'un ton affirmatif.
- Vous ne faites que parler, vous ne savez rien, reprit Thène. Laissez- moi vous dire ce qui s'était passé vendredi. Le patron a remis un chèque à Oblijan qu'il devait changer. J'étais avec ce dernier. N'ayant pas suffisamment de fond disponible à la banque de Pétion-Ville, on nous a référé à celle se trouvant sur la route de l'aéroport. De retour, Oblijan l'aidait à préparer des enveloppes, plus que deux douzaines. Certaines contenaient jusqu'à cinq cents dollars, US oui, dois-je vous préciser, je ne mens pas. Très tôt, vendredi soir, il commençait à recevoir des filles, et ceci tout le reste de la journée du samedi.
- Mezanmi, kote nou ye (Mes amis, où sommes-nous) ? S'interrogea Alice, l'air inquiet.
- Dieu seul sait, répondit Elmise.
- Elles défilent comme dans une « banque de borlette » où chacun est venu pour jouer sa 'boule'.
- Toi, tu n'as d'autres exemples à prendre que la « borlette » ? C'est vraiment passionnant pour toi. Tu es trop besogneux mon cher, sois conscient. Tu t'amuses à gonfler les comptes des « borlettiers », ces millionnaires, avec cette pitance que tu gagnes, alors que tu n'as jamais rien tiré du jeu.

- Ça ne te regarde pas ma chère, même si je dois perdre mon argent. C'est mon argent, ce n'est pas le tien. Gad nan pa w (occupe-toi de tes affaires).
- Gad nan pa m quoi (M'occuper de mes affaires quoi) ? Je t'exhorte seulement à être plus sobre dans cette affaire de « borlette ». Que tu sois fâché ou non, gare à toi.
- Cesse de fureter dans mes affaires. Je ne t'ai rien demandé.
- Laisse le Alice, dit Elmise d'un ton conciliant. Tu le sais qui s'irrite facilement pour rien. Nous nous amusions très bien dans nos histoires.
- Je ne dis rien de grave Elmise, je ne fais que l'exhorter à économiser son argent. C'est pour son bien, alors qu'il se fait des vétilles.
- Entendons nous Thène, à la vérité il n'y a rien de mal dans ce qu'elle dit, revint Elmise. Faisons la paix, recommençons nos histoires.
- Tu aimes bien les ragots toi, reprit Thène en souriant.
- S'il y a des ragots, nous les disons tous, dit Elmise. Et cette affaire d'enveloppes pleines de billets US ?
- Chacune d'elle en sortait avec sa part.
- Ici, c'est le suivant comme dit le défunt, les adressa Elmise.
- Ce Coupé Cloué, c'était plus qu'un roi comme il se fit nommer, un prophète dirait on, il a déjà tout prédit.
- Antre, antre, leswivan, ki ès ki te la avan antre (Entrez, entrez, le suivant, qui y était le premier), fit Alice en dansant de manière canaille.
- Non Alice, il fallait dire de préférence la suivante, la corrigea Thène. Celles-ci sont différentes des personnages de 'Coupé' qui étaient tous des masculins.
- Ah, ranje kò w Alice (Ah, sois correcte, Alice), dit Elmise en riant, Thène te fè 2 jou kay Poyo (Thène a fait quelques jours d'étude chez le professeur Poyo). Se bon règ gramè

l ap mete sou ou la a wi (il t'a bien corrigé les règles de grammaire).

- Quand je les vois défiler sur la cour, mes filles me viennent à l'esprit, fit Thène en portant une main à ses lèvres. Ça me fait pitié vraiment.
- Il y a de quoi à avoir peur toi qui n'a que des filles, dit Alice.
- Tout le monde a des filles, toi aussi tu en as. Seule Elmise est exempte.
- Pi ta pi tris (Plus tard, plus triste). L'avenir dira le reste, fit Elmise.
- J'ai faim, mesdames. Cessez vos bavardages. N'y a t il plus rien dans la cuisine ? J'ai faim.
- Cessons nos bavardages, rétorqua Alice. N'est-ce pas toi qui avais commencé le premier ? Viens donc, j'ai un fond de chaudière, je vais le gratter pour toi.

Ils se levèrent tous trois et se dirigèrent vers la cuisine.

Chapitre XII

S abine, le lendemain de son retour de Furcy se mit à scruter dans les moindres détails, ses traits physiques et ceux de sa mère. Elle se rendit compte que l'homme qu'elle a rencontré, leur ressemblait, elle et sa mère.

- Manmie, je dois te parler.
- Je t'écoute ma chérie.
- J'ai rencontré quelqu'un, il y a deux jours.
- Pa di m. Sa k pase (Ne me dis pas. Qu'est ce qu'il y a) ?
- J'étais avec Michel, à Furcy.
- A Furcy ? Sa w pèdi kote konsa (A Furcy, pour faire quoi)?
- Bon ! Tu sais manmie, il y a des endroits dans ce pays, il faut les visiter. Elle observa une pause, puis revint, oui à Furcy manmie, il me fit faire connaissance avec un de ses amis. Il m'a laissé à la maison avec l'homme qui m'était un inconnu. Quelques minutes après, celui-ci m'a invité à faire avec lui, une petite promenade dans son jardin. Sur la route, non loin de sa maison, nous avons rencontré deux individus qui remarquaient notre forte ressemblance. Ils nous auraient même assimilé à des jumeaux, n'était ce notre différence d'âge. Il s'appelle Dorven Marc Forest. Ce qui me rend plus méticuleuse, c'est sa ressemblance à toi, vraiment évidente.

C'est ton portrait, il faut le dire. Je me suis dit peut-être que c'est ton fils qui vit aux Etats-Unis dont tu nous as toujours parlé.

- Mais, es tu sérieuse Sabine ? Ne connaissez-vous pas le nom de ce frère aîné dont je vous ai toujours parlé, toi et tes frères ?

- Oui, Venord en ce que je me souviens. Le type, il s'appelle Dorven. A moins qu'il ait changé son nom.

- Je ne sais pas vraiment, dit la mère d'un ton sceptique. Au fait Bibine, qu'est ce qui s'est passé entre toi et l'inconnu ? Dis moi.

- Manmie ! Penses-tu qu'une drôle de chose pourrait se produire entre moi et quelqu'un que j'ai rencontré pour la première fois ? Non, absolument non. Le type, il ne faisait que parler, me chanter des tas d'histoires, dire qu'il m'aime des choses comme ça. Moi, après avoir entendu ce nom, je me suis mise sur mes gardes. Lui aussi, il n'a pas insisté dans ses histoires. Mais il est très riche manmie, il fallait voir sa maison, c'est comme un château de conte de fée.

- Tout ce que je peux dire, c'est de suivre. N'as-tu pas parlé à Michel depuis lors ?

- Non.

- Pourquoi ?

- Parce que je banalisais cette histoire.

- Il faut voir Michel. Il pourrait quand même nous fournir certains renseignements. Laisse ça entre mes mains, Sabine, je m'en charge.

- Gare à toi de parler de cette histoire avec Germain, revint elle, je te préviens. Tu connais ton père.

- Non manmie. Quelle idée ? Je ne suis pas si bête.

**

Recherché par Mme Marc Forest, Michel, une fois avisé, ne tardait pas à se rendre près d'elle. La canicule était torride en ce milieu de journée. La vieille demanda à un de ses petits fils de l'apporter une chaise sur la rue où elle se trouvait près de la clôture confinant la chapelle Notre dame du Perpétuel Secours. Quelques passants et marchands ambulants longèrent la ruelle en terre battue.

- Michel, commença-t-elle, j'ai besoin de ton aide.
- Je suis à ton service, manmie.
- J'aimerais que notre petite confidence reste discrète entre nous. Je veux éviter Germain dans cette affaire. Tu sais, Sabine m'a raconté quelque chose qui me rend perplexe : l'histoire d'un inconnu que tu l'as fait rencontrer, est ce vrai ?
- Oui manmie, je t'avoue que c'était vrai, mais je l'ai fait sans arrière-pensée. Elle était avec moi, par hasard, je devais passer voir cet ami. Et, ils…ils ont lié connaissance.
- Du calme mon petit, je connais ma fille, c'est pas là mon problème. Sabine m'a parlé de la forte ressemblance de l'étranger avec elle et moi, tout particulièrement. Le pire de la situation c'est qu'il porte le même nom que nous, il est Marc Forest, lui aussi. Il est ton ami, j'espère que tu vas m'aider à pénétrer cet étrange personnage.
- Vraiment, je ne m'étais pas rendu compte du nom, tu as raison. Il y a quelque chose, qui cloche quelque part dans ce personnage, que nous devons déceler coûte que coûte.
- Comment l'as-tu déniché ? Dis moi.
- Il n'est qu'un client de l'agence qu'on m'avait simplement confié la mission d'aller le chercher à l'aéroport. Comme je lui ai fourni un service impeccable et sans reproche, nous gardions notre relation de client à employé. Lui et moi, on s'habitue par la suite. Mais en réalité, il n'est pas un ami personnel à moi. Je ne te promets pas beaucoup, le peu que je puisse, je le ferai, t'inquiète pas manmie.
- Michel !
- Oui manmie.

- Sais-tu de notre fils aîné qui était parti aux Etats-Unis, ça fait très longtemps, il y a 25 ans ?
- J'en ai toujours entendu parler, mais très vaguement.
- La façon dont Sabine me l'a expliqué, ça m'a fait penser et je suis devenue très curieuse, franchement. Sais-tu, mon fils? La vie est réellement bizarre, tout peut arriver.
- Je sens ce que tu éprouves Mme Marc Forest. Tu es mère avant tout. Vingt cinq ans tu n'as pas vu ton fils, ça veut dire beaucoup, c'est un quart de siècle. Tu pourrais le considérer comme un fils prodigue que tu es prête à pardonner. Tu ne le pardonneras pas parce qu'il est digne, mais justement parce que tu es sa mère.
- Tu me comprends parfaitement bien, Michel.
- Je vais faire tout mon possible pour accomplir cette mission, je le jure.
- Merci mon fils, merci encore. Dieu t'inspirera... Il te rétribuera aussi, car moi, je n'ai rien à te récompenser.

**

- Monsieur Dorven.
- Oui Michel.
- As-tu revu Sabine ? Ta rencontre avec elle, comment ça a été ? Tu ne m'as jamais rien dit à propos. J'espère que tout a été bien.
- Tu sais, Michel, expirant d'un long soupire, Sabine est une fille bien. Elle mérite beaucoup de protections.
- Et que tu l'as protégé.
- Absolument.
- Certaine fois, quelque chose surgit par hasard pour entraîner une histoire. Sais-tu, monsieur Dorven? A ton sujet, un fait m'a échappé et m'a finalement retenu l'attention.
- Ah bon ! C'est quoi alors ?

- Par inadvertance, je n'arrivais pas à déceler à temps ta ressemblance à Sabine, qui est Marc Forest, elle aussi. Je suis lié à cette famille ça fait des années, par l'entremise des deux plus jeunes frères décédés, qui furent mes condisciples. Ce sont des gens simples, les Marc Forest, très nobles et respectueux aussi. Le père Germain, un sacré combattant de la vie, homme de grand courage, il est formidable. Je me demande s'il n'existe pas un lien de parenté entre toi et ces gens, étant donné qu'ils ne sont pas nombreux, les Marc Forest. Dans ce cas, je me vanterais d'être très chanceux d'avoir côtoyé de si bonnes personnes.
- Michel, je veux te dire une chose.
- Quoi monsieur ? Les yeux exorbités de stupeur.
- Je ne suis qu'un stupide, un con. J'avoue que je suis un écervelé, agissant comme un fou. Mes parents sont trop bons, ils ne méritent pas ces agissements de ma part…

Puis il se mit à lui raconter toute l'histoire de sa vie.

- Tu peux me trouver insensé de t'avoir tout révélé en ce qui concerne ma vie et celle de ma famille, continua-t-il sur un ton de grande amitié. Mais parfois, pour être libre d'un fâcheux jugement qui vous a tant tracassé, il faut trouver quelqu'un à qui vider sa conscience trop pleine.
- Dans ce cas, que comptes-tu faire, monsieur Dorven ?
- Si au moins quelqu'un me constituait de pont pouvant me faire renouer avec mes parents, ce serait le plus grand exploit de ma vie. Et cette personne serait pour moi un héros, car vu l'état misérable de ma honte, je ne pourrai pas m'y rendre tout seul. Je ne vois pas comment ils vont me pardonner, les pauvres.
- Ah, ce ne sera pas facile vraiment. Mais je te promets de t'aider à te tirer de cette impasse difficile.

- Je dirais même une mission impossible pour toi, Michel. Je connais mon père.
- Aies confiance en moi. Je vais tenter une démarche du côté de ta mère. J'admets que le terrain n'est pas facile, mais je vais faire de mon mieux.

Michel se croit être dans la bonne voie pour tirer son épingle du jeu. Ainsi, sans perdre de temps, sans laisser écouler même une seule journée, il se rendit au Bel Air.

L'apercevant au seuil de la galerie, Mme Marc Forest, le cœur haletant, chamboulé, se précipita d'accueillir son émissaire.

- Pitit mwen, kouman w ye (Comment es-tu, mon fils)? Peut-être je me suis trompée des yeux, tu as le visage blême, tu as perdu ton procès, n'est ce pas ?
- Manmie ! En lâchant un éclat de rire, tout est réglé.
- Attends, Michel, vaut mieux qu'on sorte.

Elle rentra se changer, Puis partir à côté de Michel.

- Manmie ! En s'esclaffant à nouveau.
- J'ai parlé à Sabine, elle attend elle aussi le résultat de ta mission.
- Dorven m'a tout raconté de sa vie.
- De qui parles-tu, Michel ?
- De ton fils, Dorven.
- Je n'ai aucun fils répondant à ce nom.
- Ne t'occupe pas de cette futilité. Le type s'appelait Venord, ton fils. Il avait choisi de changer son nom quand il renia sa nationalité.
- Mon Dieu ! Exclama-t-elle. C'est trop beau pour être vrai. C'est comme si je me trouve dans un rêve. Es-tu certain, Michel, que c'est mon fils ?

- Comment le saurais-je, manmie, s'il ne me l'avait pas appris lui-même ? Il doute que vous alliez venir vers lui ou bien, qu'il doive vous approcher, vu la gravité de ses fautes. Il pense qu'il ne mérite pas votre pardon et que vous n'allez pas le pardonner non plus.
- Non Michel, il y a une façon de faire les choses. J'irai moi-même le rencontrer. Personne n'aura rien à me chanter, ne doit me blâmer ou me juger, je suis « gran moun (adulte) ». Je suis mère avant tout. J'avais perdu tout espoir de revoir mon fils. Oh ! quel bonheur de me revoir avec lui avant mon départ pour l'éternité.
- Manmie.
- Pitit mwen (Mon fils).
- Quel arrangement ferons-nous ?
- Tu n'as qu'à venir me chercher n'importe quand. Bien sûr, tu m'annonceras par téléphone, au moins deux heures d'avance.

Michel disparut et laissa la vieille Mme Marc Forest à se complaire d'exaltation de son fils prodigue retrouvé.

**

Comme toujours, les arbres et les plantes constituant la petite forêt endormie, surveillaient le petit château majestueusement perché le haut du tertre. Le sol drapé d'ombres disparates, reçoit la lumière du soleil qui se déployait tel un soufre magique. Le cri d'un coq qui s'égosillait non loin entre les arbres se confondait avec le ronflement de la jeep qui s'arrêtait tout à coup près de la grande barrière. Comme un roulement de tambour, un roucoulement de ramiers alterné avec la chanson d'un rossignol provenant du fourré, animait toute la cour, tandis qu'un peu plus proche du château, à l'arrière, un oiseau charpentier toquait sur un palmier ; son bec, tel un burin d'acier, fouillait très fort à toutes les heures, pour terminer la besogne de la construction du nid de sa partenaire, déjà prête pour la pondaison prochaine. Alice et Elmise se perdirent dans une sorte de va et vient et d'intense occupation. Thène s'empressait de faire glisser la lourde porte métallique. Oblijan tourna le volant à un demi cercle, puis le redressa tout de suite de manière à bien garer l'engin à sa place habituelle.

A l'intérieur, le cœur de Dorven battit de lourdes chamades. Sa mère qu'il laissa un jour, relativement jeune, semblait, sous le poids de l'âge, du temps et de la misère, considérablement vieillie. Il l'attendit le cœur lourd de peur et de culpabilité.

La vieille mère, suivie de son complice Michel, approcha joyeuse, le cœur léger de pardon. Elle a déjà tout omis des agissements de son fils vis-à-vis de la famille. Il n'y a qu'une chose et une seule qui compte pour elle, son fils. Les yeux curieux, regardant partout, elle avança lentement. Le type à l'intérieur se sentit comme tourmenter et traquer. Il lui semble n'être pas prêt à affronter ce coup de scène. Pourtant, pour être en face de cette réalité aujourd'hui, il avait beaucoup travaillé à lancer le médiateur Michel dans la course. La tension est chez lui à son plus haut point. Il pensa à Sabine, cette petite sœur bien aimée qu'il adore et qu'il souhaiterait être présente avec sa mère.

Finalement, ce fut telle une cloche d'airain vidant la tessiture de sa graine dont le son vibrait son cerveau à le rendre fou, la porte s'ouvrit pour un lever de rideau spectaculaire. Les deux personnages se sont perdus dans un regard long et profond, sans dire mot, même un seul. Puis ils se sont blottis comme si l'un était fondu, imprimé à l'intérieur de l'autre. Les autres personnages restèrent sidérés à contempler le spectacle de la mère désespérée et du fils prodigue. Ce fut très émouvant.

Chapitre XIII

Examinant son état de grossesse et surtout son corps qui commence à subir des changements visibles, Adélina pensait mille fois et cherchait un moyen d'aborder le sujet avec ses parents. C'était systématiquement gênant en vérité. Elle ne parvint jamais à pouvoir statuer sur ce fait avec eux. Elle conclut définitivement que la façon la plus sure d'atténuer la colère de ces irascibles, c'est discuté profondément avec Dorven et d'avoir son dit. Elle eut beau tenter la première fois, en vain. Elle se décida de le surprendre chez lui et mènerait cette fois la discussion à terme et s'en tirerait finalement à une résolution.

C'était une fin de journée de vendredi. La météo n'annonçait pas de pluie, mais le temps était maussade avec des boursouflures de nuages gris et humides qui cachaient l'immensité du ciel morne. Le soleil se battait tant bien que mal pour percer la voûte trop bourrée, mais le combat fut si rude que les rayons déjà affaiblis demeuraient impuissants à fulgurer la brillance de leur clarté.

Adélina se dirigea vers la rue, salua Sissie, la marchande de frites, cette femme qu'elle connaît depuis son enfance et considère en outre comme une amie. Elle changea quelques palabres avec un ami d'enfance du quartier avant de commander sa longue course à un chauffeur de taxi. Elle y monta et fit *au revoir* avec sa main à ses deux amis.

De coutume, la petite porte adjacente à la grande barrière ceinturant la cour, reste toujours verrouillée, par hasard elle était laissée ouverte. Elle ne fit que la pousser, puis s'introduisit à l'intérieur. A sa place habituelle, la jeep n'y était pas ; Il se pourrait bien que Dorven soit dans la chambre et Oblijan, ailleurs à son service. Un vent qui parcourait les feuilles du jardin flottait tout son corps, battait sa jupe blanche et brassait sa chevelure. L'ambiance du concert des oiseaux dans la fourrée, autour de la maison, anime encore avec, cette fois, le roucoulement d'un ramier qui alterne à la chanson d'un rossignol. Tandis qu'un peu plus proche du château, à l'arrière, l'oiseau charpentier, poursuivant sa besogne, toquait toujours sur le palmier.

Elle se rendit près d'Elmise et Alice dans la cuisine, changea une courte plaisanterie avec elles, puis rentra dans la chambre. Dorven n'y fut pas. Une surprise à son homme, bien que soit elle, mais elle se sent quand même frustrer, étant donné l'importance de sa visite. Elle pensa se détendre un instant avant d'appeler Dorven sur son portable, l'informant sa présence à la maison. C'est ainsi qu'en enlevant ses chaussures et ses vêtements, tout près de la grande armoire, sur un guéridon, son regard se jeta sur une petite bouteille blanche en plastique, pareille à un flacon de médicament, sur laquelle persista sa curiosité. Bondissant furtivement, elle la saisit. Les six caractères AZT / 3TC qui y sont apposés sur une étiquette rouge, attirèrent son attention.

- Oh ! Exclama-t-elle stupéfaite, qu'est ce que s'est que ça ? AZT ? Hum ! J'en ai toujours entendu parler. Un médicament contre cette terrible maladie SIDA.

Elle déposa la bouteille, termina de se déshabiller et s'allongea sur le lit. Elle se dirigea à nouveau sur la petite table, saisit la bouteille et la relit. Les tiroirs d'un des meubles toujours verrouillés étaient laissés ouverts. Les tirant un à un, c'était de quoi à être évanoui sur place à force qu'ils étaient remplis d'étranges médicaments comme: Nelfinavir/Lamivudine, Trimethoprim-160mg/sulfamethoxazole, Atovaquone/Zidovudine, Fluconazole-400mg, Methadone, Ritonavir/Zidovudine, Valproc-acide 500mg.

- Oh ! S'exclama-t-elle à nouveau, c'est toute une pharmacie
  ça. Il faut qu'on soit gravement malade, même à l'article de
  mort pour être en possession de tous ces médicaments. C'est
  vraiment bizarre, franchement. Restant coite un instant,
  elle continua à lire les lebels des médicaments. Mais qu'a-t-
  il ce Dorven ? A dire vrai je ne sais rien des autres, mais ce
  remède AZT / 3TC, c'est un médicament contre le SIDA,
  j'en suis certaine. Il est très probable qu'il soit porteur de ce
  virus, soliloqua-t-elle.

Soudain, de nombreuses sombres pensées tournoyèrent dans sa tête. Elle se mit à chanceler ; c'était comme si son âme allait se détacher de son corps. Elle ferma ses yeux et fit un effort pour étouffer les sanglots qui l'oppressaient. Des larmes sans arrêt, des larmes sans rime ni raison envahirent son visage. Elle se sentit un moment battue, flanchée, prêtre à évanouir. Mais, ne voulant pas que les domestiques interviennent, elle se fut reprise aussitôt. Elle s'était atterrée, épouvantée, puis soudain, telle une onde glacée, quelque chose l'a prise depuis le milieu de son crâne, descendit de sa nuque et son échine, traversa le périnée et atteignit ses tendons. Un sentiment de terrible trouille accable son cœur. L'inquiétude mord son âme à la vriller, la lacérer. C'était comme si elle s'était précipitée en chute dans un vide. Elle voulut héler, mugir telle une bête traquée, crier au secours. Elle s'est vue comme sombrée dans un gouffre mortel de désespoir et qu'un malheur terrifiant les a déjà terrassé, elle et son enfant. Tout lui paraissait macabre et implacable. Un relent de représailles et de mort frayait dans son sillage. C'était comme si le monde s'écroulait d'un seul coup et quelque chose de très redoutable augurait sa fin prochaine.

- Moi Adélina Beaujour, victime de SIDA. Moi si réservée, si prude et circonspecte que suis-je. Non c'est injuste. Je dois mourir avant que soit déclaré cet opprobre. Que vont dire mes parents ? Tous mes amis qui me connaissent ? S'interrogea-t-elle avec sa voix perdue dans un murmure. Oui, c'est sûr qu'il est malade. Pourquoi tous ces AZT ? C'est un médicament contre cette maladie, j'en suis sure. J'en ai toujours entendu parler, il n'y a pas de doute là-dessus. Mais pour être certaine, je vais voir Dr Pierrot. Il est capable de me décortiquer tout le mystère de ces médicaments.

Elle prit une portion de chaque médicament qu'elle dissimila dans un mouchoir et partit en trombe. Elle allait flottante, tel un arbre déraciné ou une paille soulevée au gré du vent.

**

La nuit était trop longue, et ce fut telle une éternité d'attendre ouvrir le jour et enfin se rendre à la clinique pour voir docteur Pierrot. C'était samedi matin. Dans une petite porte secondaire entrouverte, elle entra, puis s'achemina sur la secrétaire médicale.

- C'est votre première visite, madame ? Pour une consultation ?
- Non, pour autre chose. Je veux voir le docteur en urgence, c'est important.
- Le docteur ne reçoit que les patients aujourd'hui, madame.
- J'espère que vous ne décidez pas pour lui.
- Qu'est ce que vous me chantez ? Est-ce vous qui m'apprenez comment faire mon travail ? Qui êtes vous ? Ecoutez-moi

bien madame, je ne sais pas d'où vous venez. Ici je fais mon travail, je le fais au gré de mon patron. Yo voye w pou mwen maten an (On vous a expédié contre moi ce matin)? Moun ki voye w la, al di l ou jwenn men w paka pran (Allez dire à celui qui vous envoie que vous ne pouvez rien).

- Madame, écoutez.
- Ecoutez quoi ? Hurla-t-elle.
- Je ne suis pas venue pour tous ces tapages. Je peux toujours comprendre que par souci de protéger votre job, vous vous laissez conduire par vos nerfs, mais ne constatez-vous pas que je garde tout mon calme ? Signalez ma présence à docteur Pierrot, je vous en prie. Lui seul peut décider.

Les autres patientes commentèrent entre elles la situation et finirent par intervenir en faveur de la visiteuse.

- Mais au fait, qu'est ce que ça fait si vous la laissez voir le médecin, demanda l'une d'entre elles. Docteur Pierrot est médecin avant tout. Vous ne savez pas non plus de quoi il s'agit. Soyez sage au moins. Vous êtes une secrétaire, pas un gendarme.
- Si vous pouvez faire le travail mieux que moi, venez donc madame, venez vous mettre à ma place, revint elle pour fustiger la patiente.

Puis comme « à la diable », elle est partie furieuse à la salle de consultation, rouge de colère comme quoi, elle allait exploser et que tout ce qui se trouvait sur son passage, serait calciné par ses flammes.

- Doktè Pierrot, mwen wè yon madanm ki vin la a pou l bat mwen maten an wi (Dr Pierrot, une femme est arrivée toute enflammée pour m'insulter ce matin).

Le docteur qui scruta un dossier, prit tout son temps avant de répondre.

- Miola, sache bien que tu n'es pas ici pour bagarrer avec mes patients ou mes visiteurs. Tu es ma secrétaire. Tu veux faire le job, tu le fais avec sagesse et souplesse. Tu accomplis la tache comme il faut ou je te renvoie, comprends ?
    - Oui docteur, fit elle comme une petite enfant.
    - La personne à qui tu es aux prises comment elle s'appelle ?
    - Je ne sais pas non.
    - Tu vois ça. Tu es ici rien pour quereller avec le monde.

Elle est retournée très polie à la salle d'attente, ses mains jointes comme une gentille fillette agenouillée devant un confessionnal.

- Comment vous appelez vous, madame ?
- Adélina Beaujour.
- Merci madame, attendez-moi.

Elle courut à nouveau, puis revint sur ses pas.

- Prenez siège, madame. Le docteur vous fait dire de l'attendre.
- He hey ! Exclama une des patientes, m pa di w. Moun alèkile, yo refize kwè envite miyò pase mande pardon. (Ne t'ai-je pas dit ? C'est mieux d'être sage que de supplier le pardon. Ce qu'ils refusent de croire, les gens d'aujourd'hui).
- Se pa fòt yo, repliqua une autre, gen de moun se ak chen yo kenbe yo nan lari. Yo pa konn sa k rele ledikasyion, yo pa gen levasyon fanmi. (On se trompe souvent de certaines personnes qu'on croit être civilisées. Ce ne sont que des gens élevés dans la rue, n'ayant aucun sens d'éducation).

Quand Adélina rejoignit le docteur à l'intérieur, ce fut un accueil plus que chaleureux qu'elle reçut de son ami.

- Adélina, l'approcha-t-il souriant pour l'embrasser. Toutes mes excuses ma chère amie, je regrette.
- T'en fais pas docteur. Oublions tout ça.
- Sais-tu que ma femme et moi nous parlions de toi hier ?
- Vraiment ? Qu'est ce que vous disiez de moi ? Je suis venue ici pour une affaire importante Dr Pierrot. J'ai un grand problème, toi seul peux m'aider, est ce pourquoi je te fais demander en urgence ce matin.
- Un grand problème ? Questionna le médecin vêtu de sa blouse blanche, son stéthoscope autour du cou. Même l'impossible je le ferai pour t'aider. C'est quoi ton problème, Adélina ?
- Tu sais, j'ai quelqu'un dans ma vie. Ça fait cinq mois nous sommes liés. J'ai trouvé ces médicaments chez lui. J'aimerais bien que tu m'aides à les identifier.

Elle tendit au médecin la petite bouteille d'AZT et les sept autres échantillons.

- AZT / 3TC ? Dit-il, surpris. Méticuleusement, il se mit à scruter les autres médicaments avec ses yeux de chercheur. Ce sont tous des médicaments destinés aux personnes déjà atteintes de SIDA. Aviez vous eu des rapports sexuels ? La questionna-t-il.
- Oui docteur.
- Te rappelles tu combien de fois ?
- Impossible d'énumérer.
- Tu n'es pas enceinte, j'espère.
- Oui, j'en suis.
- Ah, là, l'affaire est sérieuse. Voudrais-tu que je te fasse un teste VIH ?

Elle acquiesça d'un signe de tête positif.

- Attends moi un instant, je reviens.

Il revint et l'invita dans une petite salle d'à côté, introduisit l'aiguille dans la veine de la ravissante femme. La seringue montre quinze CC de la matière écarlate.

- Ecoute, Adélina. Garde ton moral très haut et bien équilibré. Evite toi de trop réfléchir sur ton état. Si pire que le mal soit, il y a toujours un moyen de s'en sortir. Supposons que ce soit déjà fait, ce n'est pas la fin du monde. Il y a toujours un dernier sauvetage là où il n'y a plus d'espoir, car la vie est maîtresse de toutes les destinées. Sois forte mon amie. Tu reviens mercredi pour le résultat.
- Merci, Dr Pierrot.

Les conseils du médecin sont très encourageants, mais ne peuvent pas l'empêcher de sombrer dans une dépression. C'est un fléau implacable qui s'abattait sur elle et son enfant. Elle ne pouvait éviter cette catastrophe. Pierrot en tant que médecin, est la première personne à qui elle confie sa mésaventure jusqu'alors gardée secrète.

- Je ne sais comment aborder ce sujet avec Dorven. Je voudrais m'abstenir de toutes conversations et contacts avec lui. Comment est ce que je vais gérer un future si obscur et désespéré ? Si le teste confirme l'existence du virus dans mon système, je me considere déjà morte. Je suis jeune, je veux vivre. Je n'étais pas née pour être exterminée si tôt. J'étais imprudente certes, mais la première fois, je lui avais proposé d'utiliser des préservatifs, il m'avait refusé, alors qu'il savait bien qu'il était malade. Il agit délibérément, rien que pour m'infecter. C'est un homme méchant à nul autre pareil, qui hait son semblable et qui se sert de son aiguillon pour terrasser d'autres vies.

**

Le mercredi suivant, vers le milieu de la journée, son impatience touchait à sa fin. En écoutant les conseils salutaires de son médecin, elle fit tout ce qu'elle pouvait pour être bien, de sorte que son environnement ne puisse rien soupçonner.

Elle se rendit dans la clinique. La secrétaire se montra extrêmement polie, cette fois, tenta mainte reprises de lui parler, lui offrant ainsi son amitié. Elle aurait souhaité qu'elle ne sache rien de son cas.

- Tu ne vas pas attendre trop longtemps, tu es arrivée tôt, dit elle en souriant.
- Merci Miola, répondit elle l'air serein.

La secrétaire allait entamer un sujet quand soudain Dr Pierrot se présenta dans l'encadrée de la porte. Il sourit et appela Adélina. Elle se déplaça et suivit le médecin jusqu'à l'intérieur de la salle de consultation.

- Comment te portes-tu, Adélina ?
- J'ai suivi tes conseils, dit-elle souriante. J'essaie d'améliorer mon apparence.
- Tu n'es jamais si ravissante. Tu es excessivement belle. Est-ce que tu as dormi ?
- Pas comme avant, mais j'ai dormi.
- Ote tes vêtements, sauf le soutien-gorge et le jupon. Je vais te consulter, j'arrive tout de suite.

Au retour du docteur, elle était déjà prête.

- Allonge-toi sur le lit, la commanda-t-il.

Le docteur la trouva très courageuse et active, équilibrée mentalement.

- Tension artérielle normale, comparable à celle d'un enfant. immune système correcte jusqu'à présent, aucun signe inquiétant. OK Adélina, rhabille-toi.

Ils quittèrent la salle de consultation pour aller s'installer au petit salon.

- Ton état de santé est excellent. Mais en fait c'est malheureux, la nouvelle est mauvaise. Tu es séropositive.

Enfin ! Le verdict est tombé. Le visage d'Adélina devint subitement cassé. Elle se mit tout à coup à frémir comme une feuille. Ses jambes furent devenues engourdies et lourdes. C'est comme un coup de grâce qu'elle ait reçu en plein fouet. Elle se sent être prise dans les serres de l'angoisse ou être empoignée dans les tentacules d'un malheur imminent, inéluctable. Dans le couloir de la mort où elle s'est fourrée en cherchant un mieux-être, la voilà assombrie sa vie jusqu'à la détruire, la perdre. Pas d'avenir pour elle. Mais la condition sine qua non au quelle il lui faut, c'est qu'elle doit combattre jusqu'au bout pour tenir son moral équilibré.

- Vraiment Dr Pierrot, je savais que ma chance était si moindre.
- Mais il y a un avantage qui joue très bien en ta faveur, ton groupe sanguin O positif. Avec ton moral toujours haut, tu peux résister au mal. Garde ton cas très discret. Même au niveau de ta famille, ne dis rien encore à personne.

- Et mon enfant qui évolue dans mon sein, sera-t-il épargné ?
- Rien ne peut être exact dans ce cas. Il pourra naître infecté ou non, ça dépend. Mais en ce que je sais, d'après toutes les expériences scientifiques, 90% de chance joue en sa faveur qu'il soit né sain et sauf. Mais inévitablement, tu dois avoir une couche par césarienne, l'enfant ne doit pas être allaité.
- Comment est ce que tu expliques ce phénomène ?
- Au sein de sa mère, l'enfant se trouve caché à l'intérieur d'une enveloppe protectrice qui le neutralise des microbes et des agents viraux. Elle le protége aussi même contre les chocs auxquels sa mère pourrait être exposée. Mais le plus important de ce prodige scientifique c'est que l'enfant, à l'étape de formation, c'est un être de très fabuleux et inouï. En effet, s'il est l'héritier génétique incontesté de son père et sa mère, s'agissant de ses cellules, c'est diamétralement différent, car elles sont propres à lui. Ainsi formées, elles sont nées saines.
- Oh Jéhovah, exclama-t-elle, le premier et le dernier des scientistes. Nous sommes tous les produits de tes mains sacrées. Tu sauveras mon enfant. Merci !

Chapitre XIV

Père Beaujour dont la pension de l'armée a été supprimée, ça fait déjà des années, était en proie à la désolation criante de l'existence. Pour lui c'était fort injuste et même une honte de lâcher le poids de cette famille sur Adélina, une jeune fille de vingt trois ans, la dernière née, qui pis est. Devant ce fait accompli, on perd parfois son autorité de parent sur les enfants, dit-il. Adélina demeurait la colonne centrale qui supporte l'édifice de cette famille. Trop soucieuse de tenir bon la survie des siens, elle n'a pas pu faire ses études universitaires après le bac. La voilà, travaillant comme une débardeuse, à l'Aéroport International Toussaint Louverture.

Pendant des jours elle était morose. Elle se repliait sur elle-même. Elle avait peur de son sommeil peuplé de cauchemars, parce qu'elle n'était qu'une âme en proie aux déboires ; une âme écrabouillée, empoisonnée d'une haleine de pestilence et de cadavre. Elle portait à elle seule le fardeau fatal de ses afflictions. Mais elle continuait la lutte avec beaucoup plus d'acharnement, rien que pour se montrer physiquement bien.

Encore en peu de temps, ils ne seront plus, elle et son enfant : l'unique hantise qui la préoccupe toutes les nuits et l'a flagellé tel un carcan. Bien avant l'arrivée de cet homme dans sa vie, elle était solitaire. Mais, la solitude est souvent créatrice de rêves et de fantômes.

C'est vrai, elle aimait Dorven comme elle n'a jamais aimé à son âge, mais aussi, il l'apportait un mieux-être pour elle et ses alliés.

Son intuition, on dirait, la commandait à défléchir. D'ailleurs ça fait plus d'un mois, elle ne cherchait même pas à le voir.

Soudain son téléphone sonna.

- Allo !
- Allo, tonna dans l'appareil une voix de femme, est ce Adélina ?
- Oui, Adélina à l'écoute, c'est qui ?
- Mirlène.
- Ooh, Mirlène ! comment vas-tu ma chérie ? Tu ne m'as pas appelé, pourquoi, hein ?
- Je pensais que tu allais m'appeler avant.
- Mais je n'ai pas ton numéro, te rappelles-tu ?
- Ne te l'avais-je pas donné ?
- Tu as changé de numéro, et depuis on ne s'est pas communiqué.
- Quoi de neuf, Adélina? Dis-moi donc. La fleur s'épanouie et devient plus jolie, n'est ce pas ?
- Oui, absolument Mirlène, men nou poze, ou konprann (mais, un peu tranquille, comprends) ?
- Sais-tu, Adélina ? Sa voix au téléphone partit avec un rire, es-tu seule, puis je parler ?
- Je suis seule dans ma chambre, sans même une mouche avec moi.
- Je devais t'appeler depuis tantôt, mais je prenais du temps. J'ai une nouvelle pour toi. Es-tu prête à m'écouter ?
- Oh oui bébé, je t'écoute.

- Te souviens tu avoir fait la connaissance d'un de mes amis à Tara's ?
- Bien sûr, mais pour être franche, je n'ai rien gardé du portrait de la personne.
- Tu pourrais me trouver malséante ou même stupide à t'annoncer cette nouvelle. Mais Léopold, il m'a vraiment importuné à ton sujet. Il s'est pris d'une telle folie, d'une telle obsession qu'il n'arrive même pas à se maîtriser. Il est réellement emporté ce type.

Un silence régna tout à coup entre les deux correspondants.

- Je l'ai perdu, il parait. Y es tu Adélina ?
- Oui, j'y suis.
- Tu ne dis rien ?
- Non, rien absolument.
- Oh, Tu sais Adélina, il rêve d'avoir ton numéro, même pour une salutation.
- Ah oui ! Et pourquoi ?
- Bon, en fait, tu sais, il ne peut pas me dire tous ses sentiments pour toi. Mais il semble qu'il est malade de toi, ce type.
- Je m'excuse Mirlène, je suis en train de traverser un moment très critique dans ma vie. C'est comme un désastre implacable redoutant toute mon existence. Je ne suis pas prête à gérer une nouvelle relation. Je prends congé de toi, je t'appellerai.
- Quand ?
- Un de ces jours.
- Que dois-je lui dire ?
- Qui ?
- Mon ami Léopold.
- Ce que je te dis.

Deux jours plus tard, son portable sonna à nouveau.

- Allo, c'est qui ?
- Mirlène, comment vas-tu, Adélina ?
- Ça va chère. J'espère que tu me pardonnes de l'attitude bizarre vis-à-vis de toi avant-hier. C'est que je suis dans une situation de crise personnelle où je n'arrive pas à me contrôler, moi-même. Je te présente toutes mes excuses, Mirlène.
- Ne t'en fais pas, chère. En fait, te sens tu mieux pour l'instant ?
- Oui, je m'efforce de tenir bon.
- J'ai vu Léopold, il t'a envoyé son salut.
- Merci bien, retourne le lui de ma part.
- A propos, il est tout près de moi, il aimerait te saluer lui-même, voudrais-tu ?
- Oh non, merci.
- Adélina ! Adélina ! Voyons, ma belle. Une femme si évoluée comme toi.
- Ok, ça va.
- Je te le passe, merci.

Léopold sourit avant de saisir l'appareil de la main de son entremetteuse. Il sentit soudain tout son sang affluer vers son cœur.

Adélina, peu disposée, a entendu la douceur de la voix mâle chatouillant son oreille.

- Bonsoir Adélina.
- Bonsoir monsieur, répondit elle indifférente.
- Je suis Léopold, comme tu sais. Je veux te dire merci. Merci de m'avoir accepté te saluer. Aussi, Je n'ai pas le courage

de te laisser sans te complimenter pour tout ce que tu as de charme en toi. Pour la première fois je suis ébloui d'un être si étrange, si fascinant, si incomparable, et quelque chose jaillit en moi, me remplit. Pour moi tu es la première au monde. Peut être je ne te verrai plus, mais pour une satisfaction si égoïste de moi-même, permets moi que je te dise que tu es l'unique femme sur cette terre qui pénètre mon cœur aussi profondément. Me voir toucher à ta douce main ce jour de notre première rencontre, c'était vivre une plénitude de délice, c'était me mettre dans un milieu idéal. Mais, tu m'as été comme un visage aimé et disparu soudainement. Adélina, comme tu jettes une aumône dans la sébile d'un mendiant, fais moi aussi l'aumône de te rencontrer même une seule fois. Une toute dernière, rien que pour te saluer ou savourer un beau sourire émanant de tes lèvres, ce sera toute la satisfaction de ma vie.

La conversation cessa à l'instant. Et le soupirant de s'adresser à son amie.

- Il n'y a personne au bout de la ligne. Elle a raccroché, parait-il.

Brusquement, sa voix de tonner dans l'appareil.

- Je suis là monsieur, je vous écoute.
- Merci Adélina. Je te fais trop dépenser de m'écouter. Ce n'est pas ma faute. C'est le pire châtiment d'un cœur en quête de soulagement et qui perdure à souffrir, à soupirer. C'est la faiblesse d'une âme solitaire, désespérée, traquée dans sa misère et qui cherche à s'accrocher à une autre, une sœur, une compagne qui l'aiderait à se soutenir, pour dire enfin adieu à sa solitude trop éprouvée.

Adélina dont le cœur a été tourmenté, torturé ne savait quoi répondre à l'homme qui l'a tant supplié.

- Pourquoi veux-tu me rencontrer ? Peux-tu me dire ?

Il remarqua un air de remontrance dans sa voix.
- Pour te contempler ou même t'adorer si tu acceptes l'offrande de mon culte. Je suis une âme damnée qui cherche la voie d'un dieu. Et me voici près de ton trône, t'offrant mon sacrifice. Accepte le ma déesse. Je veux m'agenouiller devant toi pour te prier, élever mon cœur vers toi, te plaindre ma souffrance et ma peine.
- Tu m'as trop supplié, le blâma-t-elle sans méchanceté.
- Tu es si digne de supplication ma déesse. Tu mérites beaucoup plus qu'une prière. Je veux me remettre, m'abandonner à toi comme un brin de paille, s'abandonnant au gré d'une vague qui l'emporte vers l'inconnu. Laisse-moi pleurer à tes pieds. Laisse-moi franchir le seuil de ton cœur. Je veux prendre ta main dans ma main.
- Tes paroles sont trop flatteuses.
- Je ne fais que mendier ton amour, Adélina. S'il est une damnation de m'implorer auprès de toi, condamne moi pour que je ne sois plus libre, mais emprisonné à jamais dans ta geôle.

N'étant pas d'humeur à poursuivre la discussion, elle finit par écarter son interlocuteur.
- Veux-tu me passer Mirlène ?
- Déjà, tu as pris congé de moi ? Je n'ai pas fini encore.
- Tu as trop pleurniché. Tu ne peux pas tout dire aujourd'hui. Passe moi Mirlène, je t'en prie.

Ainsi, retentit sa voix.

- Mirlène, qu'est il pour toi ce Léopold, ton ange Gardien ?
- Pas du tout, Adélina. J'ai mon ange, David, qui surveille sur moi jour et nuit. Léopold, il veut bien être le tien. Il t'a tant imploré, hein !
- Bon ! Que puis-je, Mirlène ? Dis-moi.
- Entre tes mains la clef de ta vie, Adélina. Entre tes mains ta destinée. Toi seule peux décider de ta vie. Moi je ne suis qu'une conseillère, pas une entremetteuse. Comme au fait, je n'aurais jamais voulu jouer ce rôle.
- De quelle décision parles-tu ?
- Ok, j'ai une question pour toi. Veux-tu le rencontrer ?
- Pour sûr je…je ne sais pas encore. Je…je pense que…je t'appellerai.
- Ecoute-moi bien, Adélina. Tu as parlé avec Léopold n'est ce pas ? Il t'a entretenu, tu l'as écouté. Pourquoi tergiverses-tu encore ? Tu n'as qu'à prendre son numéro et l'appeler directement.
- Penses-tu qu'il est si facile ?
- Je ne le dis pas. Mais nous ne sommes pas non plus au temps des bisaïeux où le jour même de la lune de miel, la mariée devrait avoir la permission de ses parents pour recevoir un baiser de son époux.
- Qu'est ce que tu veux insinuer, Milène ? Quelqu'un que je connais à peine, à travers une simple conversation téléphonique, tu penses que je devais déjà céder. Ma pudeur, ma moralité où sont elles passées ?
- Ok Adélina, ok, finissons en. Je n'aimerais pas que tu sois courroucée contre moi et que nous débouchions sur un différend, évitons tout ça. Qu'il s'en aille au diable Léopold, restons amies.
- Donne-moi son numéro, Mirlène.

- Je ne suis pas autorisée. Lui, il te le donnera.
- Passe-le moi.

En bonne entente, ils ont changé leur coordonné.

**

Pleine d'attraits, éclatante de beauté, Adélina brillait de son jeune âge. Une jolie brune du soleil et des tropiques avec ses cheveux d'ébène luisant dans la lumière. Dans ses toilettes, elle était tellement svelte, élancée, c'était telle une déesse, une divinité que la mythologie présentait et présente encore dans un cadre doré.

Assise à une table, entre les gerbes de fleurs faisant partie des présents que lui a apporté le soupirant, elle devint triste. Elle est adorée par un homme dépassé par un amour, qui plus tard va la rejeter, quand il saura qu'elle est déjà condamnée à mourir. La mort si cruelle, si jalouse de sa beauté l'emportera bientôt et pour toujours.

- J'ai vu dissimiler mon bonheur à l'arrière d'un écran de ténèbres. J'ai regardé la mort avec sa robe de terre, pensa-t-elle.

Une voix d'opéra entama l'animation de la soirée. La voix pleura, filtra les interstices des écouteurs, vogua fluide dans le plafond. Dans la chanson qui répand en saccade, l'artiste y laissait passer toute son âme. L'opéra continua son voyage à travers tout l'espace de la salle, passa entre les fleurs, pénétra les cheveux de la jeune fille et fit le plein de son cœur comme pour l'envahir. Il fut granulé des notes d'un piano qui tapotait la chanson et qui chamaillait avec la nuit. Et dans sa tête sonna déjà la cloche lugubre de son départ. Elle pu lire jusqu'au tréfonds de la pensée de l'homme pour découvrir que son amour était réel, pur. Un amour translucide et sincère, scellé du sceau de la vérité. Cet amour, une flamme déchirée en plein combat avec la mort. Un amour qui voyage loin, très loin, de l'autre côté de la mémoire.

- Voici mon bonheur tout près de moi que je vais manquer, dit elle tout bas. Il m'est interdit de te toucher, tu m'es arrivé trop tard bonheur perdu. Je t'ai vu dissimiler à l'arrière d'un écran de ténèbres.

Soudain, profondément sombrée dans sa mélancolie, elle revoit l'automne. Il est venu le temps d'un autre temps, le temps où les feuilles mortes sont emportées par le vent, jusqu'au-delà des nuages.

Tu es la saison de ma naissance
La saison de mon enfance
Oh automne !
Saison éternelle qui m'a bercé
Tu seras morte avec ma vie,
Je t'emporterai avec moi
Jusqu'au fond du tombeau.

Puis, lui est venu à la mémoire, ces vers de Guillaume Apollinaire :

L'automne est morte, souviens t'en.
Nous ne nous reverrons plus sur terre
Odeur du temps, brin de bruyère
Et souviens toi que je t'attends.

Elle était trop belle ce soir là pour ne pas écarter les ombres fatales de la tristesse qui noieraient sa joie et terniraient sa brillance.

- Mais, qui pourrait m'empêcher de pleurer ma mort qui arrivera bientôt. Oh…Je sens les affres d'un vent chaud et violent fouetter la paix de mon esprit. Je sens mon cœur transpercer par la pointe mortelle d'un javelot, et ma vie qui s'éteint peu à peu jusqu'à disparaître à la fugacité d'un éclair.

Puis, elle caressa un pétale, huma ses effluves pour quelques instants. L'esprit à la dérive, elle souleva sa tête où dans les orbites roulaient ses yeux embués.

- Mon âge me rend la raison, dit elle bourrelée, les paupières engluées, les lèvres lourdes. A vingt trois ans, je suis assez adulte et j'agis en conséquence. Nous ne sommes pas dupes tous les deux. Je pense que toi et moi nous ne courons pas à l'aventure, nous n'allons non plus nous tromper l'un l'autre. Tu vis aux Etats-Unis depuis des années, tu as une vie quand même.

Il observa son humeur maussade.
- Je te demande de me croire, Adélina, je suis libre de tout engagement. Je n'ai personne dans ma vie.
- Je te crois comme tu me le demandes, en fait pour satisfaire ta requête. Mais toi aussi tu ne m'as rien demandé, hein !
- Te demander quoi ?
- La premiere fois on se connaissait au Tara's, n'est ce pas ?
- Bien sûr.
- Quelques instants après m'avoir présenté à toi, je vous ai laissé tous trois pour retrouver mon partenaire à notre table. Nous sommes seulement à deux mois de cette rencontre, et me voici aujourd'hui en tête à tête avec toi comme deux amoureux, ne le trouves tu pas bizarre ? Tu ne m'as rien demandé, poursuivit elle, moi aussi je ne t'ai rien dit, il se pourrait bien que je sois toujours liée avec lui. Maintenant, supposons que j'accepte ta proposition d'être

ton amante, sincèrement pour qui vas tu me prendre ?
Serais je honnête avec toi ?
- Je t'aime, Adélina.

Elle leva ses yeux et le fixa d'un air amusé.

- Tu m'aimes, je ne l'ignore pas. Mais toi et moi, nous ne
sommes pas deux fous. Elle observa une pause, puis reprit,
Je vais te dire une chose et tu vas être fou d'étonnement,
Léopold.
- Je t'écoute mon amour, je t'écoute. Les mots s'égrènent de
sa bouche avec une vague d'émotions.

La musique continuait d'emplir toute la salle. Quelques couples
disparates quittèrent les tables et s'enlacèrent dans une danse
langoureuse, comme si debout, ils furent emportés par le sommeil.
Adélina déglutit quelques goulées de vin rouge.

- Je t'aime, dit elle en souriant, les yeux fermés.

Léopold resta figé de stupeur, hébété. Il ne puit croire ses oreilles,
comme quoi il entend sortir de la bouche d'Adélina cette phrase
simple, mais forte de sens. Une phrase d'espoir sur laquelle, il avait
tant compté pour construire un avenir.

- Je t'aime, redit elle, mais il nous faut parler entre nous deux,
  mettre les choses clair dans un accord de transparence
  absolue, veux tu ?
- Pourquoi pas, Adélina. Je n'ai pas de vie cachée moi, ni
  quelque chose d'entrave que je dissimile secrètement. Ma
  vie est comme un miroir, un livre ouvert où tu pourras
  tourner les pages et lire à plaisir, comme bon te semble,
  quand tu veux.
- Moi, j'ai une vie secrète.

- Ah oui !
- Ça t'étonne ? Qu'espérais-tu ? Te dire que j'ai une vie publique que tout le monde, tout le monde…étranger ou inconnu ait le droit d'en fureter.
- O non, Adélina, au contraire. C'est plutôt la force de l'expression qui m'arrache cette émotion. J'ai aussi peur d'une certaine fragilité de cette liaison.
- Tu as raison, notre lien n'est qu'un nouveau né, une faible petite branche nouvellement poussée que n'importe quelle brise pourrait renverser.
- Sais tu, Adélina ? Trouve moi fantastique, stupide, ridicule, absurde, déraisonné, obsédé, comme tu veux, mais je…
- Oh ! Pourquoi toute cette pléiade de mots vicieux ? Tu … quoi ?
- Je veux te marier.
- Elle esclaffa d'un seul coup. Oh ! Me marier ! Quelle étrange proposition! Exclama-t-elle émerveillée.
- Pourquoi ricanes tu ? Je ne plaisante pas moi. Tu te moques de la vie, toi. C'est que je t'aime à mourir. Je suis fou de toi. Je suis prêt à faire n'importe quoi pour réussir notre amour, même s'il m'arrive que je doive me sacrifier, je le ferai, pourvu que ce soit pour notre bonheur. Je suis le premier dans ce monde dont la chance me favorise aussi abondamment de t'avoir comme femme. A ma vue aucune autre femme n'est aussi séduisante, attrayante que toi. Quand je pense qu'un être comme toi doit vieillir et mourir un jour, je me demande pourquoi la mort est elle si cruelle et impitoyable, la vie elle-même si imprévisible, poltronne et lâche, elle ne défend pas ses enfants.
- Ne recommence pas avec tes flatteries, dit elle souriante.
- Tout mon honneur mademoiselle. Tu les mérites bien, mes flatteries.
- Oui, c'est écrit, tout le monde doit vieillir et mourir, même toi aussi mon éphèbe, répliqua-t-elle calmement. C'est une

loi naturelle contre quoi personne ne peut rien. Elle resta pensive pour quelques instants. Tu vas me faire réfléchir, franchement, Léo.

- Je n'en disconviens pas. La vie à deux c'est quelque chose de très sérieuse à quoi il faut bien réfléchir avant de s'atteler au joug.
- Tu es convaincu ?
- Bien sûr. J'admets aussi que je suis pris de l'obsession et je perds la raison.
- N'anticipe pas, Léopold. Nous avons à bien réfléchir tous les deux. Tu me demandes en mariage, c'est surprenant. Tu m'as prise au dépourvu. Il me faut du temps pour discuter avec mes parents. C'est un peu compliqué, voir même difficile.

Ils continuèrent à s'entretenir tendrement jusque tard dans la nuit.

Chapitre XV

Sissie, la marchande de frite, cette travailleuse à plein temps qui tenait son négoce depuis des lustres dans la cité, est le témoin oculaire et auditif de tous les drames du quartier. Elle commence sa besogne tôt le matin, finit très tard le soir. Elle a une idée de tous les individus composant la faune de son environnement : les garnements, les putes, les gouines, les loups-garous, les « zenglendos », les kidnappeurs, les honnêtes gens, les déshérités etc. Le moindre détail d'un événement doit être discuté ou déballé devant son échoppe. Balan, un vendeur de pains ambulant, est son compagnon de ragots à qui elle fait confidence.

Elle interrompit brusquement une conversation avec une commère sur son portable.

- Je t'appellerai, dit elle à cette dernière.
- Ma commère, lança Balan en saisissant un petit banc et qu'il s'est assis.
- Monkonpè, dit elle en lâchant le petit appareil dans la poche de son caraco, m pa t gen tan wè w maten an (Je ne t'ai pas vu ce matin).

- J'étais passé tôt. J'ai voulu être le premier servi ce matin. J'ai cinq nouveaux clients.
- Pas mal compère, pas mal.
- Je n'ai pas eu la chance de croiser compère Dor cette semaine.
- On l'avait pris de surprise pour un chantier jusqu' à Vieux bourg. Il a passé toute la semaine là-bas. Il rentra et repartit sur ses pas.
- C'est bon ma commère. Pito sa pase malgre sa (C'est mieux que rien).
- Ou p ap pran anyen konpè (Tu ne veux rien, mon compère)? Dit elle, en jetant un coup d'œil sur les quatre points du quartier pour être sûr qu'il n'y avait personne qui écouterait ses cancans.
- Pas maintenant, merci ma commère.

Elle rassembla toute la largeur du bas de sa robe, se fut mise sur le petit banc à côté du compère.

- M gen pou ou wi monkonpè (J'ai à te parler mon compère), dit elle tout bas.
- Ou fè kè m cho (Tu me rends impatient), dit l'autre en souriant.
- Sèlman monkonpè (La seule chose mon compère), avec l'index mis en croix sur ses lèvres. J'ai vécu pendant vingt trois ans durant dans ce quartier. Tous mes enfants ont grandi ici. Je n'aurais jamais souhaité me foutre dans la merde ou avoir des ennuis.
- Ma commère, nous nous sommes connus « ti katkat (bambin) ici ». Se pa jodi a n ap koze (Ça fait longtemps nous partageons nos confidences). Si tu es douteuse de moi aujourd'hui, garde tes commérages pour toi-même.
- Nous avons un apprenti kidnappeur parmi nous ici. Je l'ai vu.

- Pa di sa. Kidnapè (Ne me dis pas. Kidnappeur)! Enben (Eu bien), nous sommes à la mode. Sa w di m nan se tout bon makòmè (Est-ce vrai ce que tu me dis, ma commère)?
- Bon, ou konnen, tchoul, reskiyè. Kalite gwo lajan ak kontak pou yon moun ta genyen pou fè bagay sa a, se bouda fennen tankou mwen avè w ki ta ka kidnapè ? (Bon, tu sais, domestique, resquilleur. Etre kidnappeur, ça ne peut être l'affaire des misérables comme nous autres).
- Makòmè ooh, hum ! Men lè w byen gade bagay sa a vre, se zafè gwo zouzoun wi l ye (Ma commère oh, hum ! Mais, à bien réfléchir, ça ne peut être que l'affaire des grands).
- Hier soir konpè Balan, j'étais en train de transporter mes effets avec Zette. Juste au moment où j'allais traverser le petit pont, je l'ai vu suspect. Puis il fila dans le corridor.
- Qui est ce ?
- Je ne peux pas révéler son nom, mais tu peux deviner, tu es du quartier. Je fis vite de retourner, Zette me suivit. Je l'ai vu appuyer contre la portière d'une jeep et s'abandonner dans une fine conversation avec deux inconnus. Je fis semblant de nettoyer, rassembler, arranger. Je rentrais, revenais, ils étaient toujours là. A mon retour pour la troisième fois, ils furent tous partis dans la jeep. A quatre heures du matin, tandis que je partais au marché, lui, il rentrait « an chat pent (en catimini) ». Je suis partie en vitesse feignant ne rien voir ni comprendre.
- Qui, ma commère, qui ? demanda-t-il curieux, dis moi.

Elle fit un rictus avec ses lèvres en gesticulant. Elle approcha sa bouche à l'oreille de son interlocuteur, chuchota un nom.

- Makòmè ! Sa w di m la a ? (Ma commère ! Qu'est ce que tu racontes) ?
- Comme tu entends mon compère.

Elle garda un moment de silence, tandis que l'autre continua de vivre sa stupeur en hochant sa tête. Elle se leva, fit un coup d'œil dans sa chaudière où mijotaient quelques vives hachées, revint encore sur le banc juste à côté de son compère.

- Maintenant compère, changeons de sujet. Genyen anba syèl ble sa a wi konpè Balan, (Il y en a ici-bas, compère Balan) en pliant le bas de sa robe entre ses cuisses.

Le compère s'approcha plus près d'elle, inclina sa tête un peu vers sa bouche pour mieux recevoir le second sujet. La commère fit un coup d'œil de toute part. Elle se leva à nouveau, passa à l'arrière de l'échoppe, puis revint s'asseoir.

- Mon compère, la belle jeep grise a disparu comme un éclair.
- Quoi ma commère ? Respect que je dois à compère Dor et à toi aussi, j'ai envie de faire pipi.
- M ap touye w nèt jodi a, (Je fais le plein pour toi aujourd'hui) en s'esclaffant.
- Ma commère !
- Mais une autre l'a déjà remplacé. Une voiture blanche. On ne fait que la déposer. L'homme n'est jamais descendu.
- Qui est il ?
- Bon ! Chacun donne sa version et la maintient comme vraie, répondit elle sans conviction. Certains disent que c'est un fils de JeanJean Céleste qu'il a eu avec une maîtresse au temps de sa pauvreté. Comme il est plus responsable et honnête parmi tous les autres, on le confie la gestion l'héritages. C'est une première. D'autres prétendent que c'est le fils d'un millionnaire haïtien qui vivait en France, la famille entière est revenue au bercail. Mais quelqu'un qui connaît mieux l'histoire me confie que c'est un « diaspora ».

- Lachans pa konn bouda fennen. Ou pa wè kay moun yo makòmè (Etre chanceux, ça vaut la fortune. N'as-tu pas vu leur maison, ma commère) ?
- On dit qu'elle a déjà payé un terrain, lequel est en chantier.
- Où ça ?
- Je ne sais pas. On dit aussi que c'est un endroit très retiré, un quartier somptueux. Rapprochant ses lèvres à l'oreille de l'autre, yon ti zòrey di m manmzèl gwòs. Pa di se mwen k te di w non papa (on me dit qu'elle est enceinte. Ne me dénonces pas, je t'en supplie).
- Ki sa ? Pou ki ès la dan yo (Quoi ? Pour qui d'entre eux) ?
- M paka di w (Je ne sais pas). Le nouveau, l'ancien, je ne sais rien. Se R.R.
- R.R makòmè (R.R ma commère) ?
- R.R, révoquer, remplacer.
- Ah, le chien n'est jamais trop vieux pour être piqué de rage. Te souviens tu de cette enfant ma commère ?
- Elle était la meilleure dans tout le quartier.
- La plus belle aussi.
- Bèl fanm ! Bèl fanm ! Kite ti pa m yo konsa papa. (Belle femme ! Belle Femme ! Qu'elles restent telles qu'elles sont, mes filles).

Soudain dans l'échoppe, une explosion enflammée faisait un bruit de bombe. Balan s'empara d'un sceau, lança de l'eau dans les flammes en grimaçant d'effroi ; Le feu jaillit en projetant sur son visage une lueur de fauve. Une fumée s'engouffra et se répandit en montant. Des langues de feu pourpres, jaunes et rouges soufflèrent jusqu'au ponceau sur le ravin, léchèrent les murs et s'élevèrent très haut. Une foule de gens coururent en sens inverse, en criant leur inquiétude. D'autres se hâtèrent d'appeler le service des pompiers. Les flammes, se lançant d'un coup de langue, enveloppaient les bicoques. Des gens coururent encore pêle-mêle, affolés. L'échoppe était comme fondue dans la cendre, il n'y restait que des débris noirâtres des chaudières calcinées. Le compère et la commère disparurent. Le feu rageur courait ses flammes et ravageait. Les énormes fumées acres continuèrent de brouillonner en volutes dans la rue et sur les toitures des baraques. La rue entière fut noire de monde. Le brasier s'étendait sur de longs rayons et de grandes étincelles y dominaient. La foule s'agita en tout sens des corridors. Des femmes hurlèrent de rage. Les enfants poussèrent leur curiosité. L'incendie se répandit en crépitant dans les tôles. Les voleurs se sont tous mis à pied d'œuvre, courant çà et là, offrant leur aide. Ils tentèrent d'envahir les maisons. Les résidents résistent en les chassant.

- Regardez, cria une vieille femme. Voyez combien vous êtes sans conscience. Le feu nous terrasse, nous détruit, alors que vous autres, rien ne vous intéresse si non que chercher à nous dérober de tout ce qui nous reste de nos derniers lambeaux de linges, bann vòlò (bande de voleurs)...

Jusqu'au fond de la cité sordide en flamme, deux hommes s'esquintèrent à extraire d'une hutte, une sculpture musclée à partir d'une ouverture étroite. Deux adolescents se précipitèrent de les aider à bouger la pierre. Les quatre forces poussèrent, halèrent. Un bras de la statue allait se cogner quand un des deux hommes cria :

- Non, petit, par ici, par là. Pousse la tête en montant. Laisse moi le tout maintenant.

Un souffle de chaleur les battit en pleine poitrine. Ils eurent le temps de dégager l'œuvre du dernier obstacle. Une lueur de feu dansait. Une bourrasque de fumée les enveloppa couvrant leurs yeux. Ils partirent en trottinant, portant la pierre taillée et cherchant la sortie principale du corridor noirâtre, sans aucune visibilité.

Enfin, ils ont réussi, car sur le trottoir était finalement allongée la sculpture. Près d'elle, l'artiste au torse imbibé de sueur s'asseyait.

La statue en pierre ciselée était le portrait d'un paysan quadragénaire au torse droit, le cou un peu long, le dos large, la poitrine forte et musclée. Il avait son sac de jardin tissé en pailles tressées, passé en bandoulière, puis une faucille dans sa main droite. Il était pieds nus, ayant les pantalons retroussés à la hauteur de ses mollets.

- Victor ! Ah, brave garçon, homme de courage, grand nègre. Tu as pu sauver Léonord de ce désastre.
- Mon oncle, cette œuvre, elle est toute ma vie. Elle est la première chose et la dernière que j'avais à épargner de la fureur de l'incendie.

Une brillante voiture glissa lentement sur la pente, s'introduisit dans la foule dense. Elle s'arrêta tout près de la sculpture. Les deux hommes à bord pointaient leur regard curieux sur le désastre, puis le tournèrent à droite. Celui qui occupait le siège droit fit glisser le pare-brise latéral et fixa l'œuvre étendue sur le trottoir.

- Une œuvre d'art hors du commun, bien travaillé, s'adressat-il à son compagnon, c'est sans reproche. Un sujet bien inspiré, issu des doigts agiles d'un artiste très doué, mais aussi teinté d'un réalisme pur. Tu peux garer la voiture si tu veux.
- Puis-je voir l'auteur de cette œuvre, Il n'est pas ici ? Demanda-t-il.

Quel qu'un l'indexa l'homme qui n'a rien répondu.

- Etes vous l'auteur de ce chef-d'œuvre ?
- Oui monsieur, pourquoi ?
- Une excellente réalisation. Tous mes compliments monsieur l'artiste. Elle m'intérese, votre œuvre.

- Merci, dit il souriant.

D'un air fier, le sculpteur croisa ses bras sur sa poitrine et fixa l'étranger. Ce dernier se leva, fouilla la poche de sa chemise, fit sortir une cigarette qu'il porta à ses lèvres, l'alluma en exhalant de la fumée qui s'effilochait en montant. Il admira l'œuvre en caressant son visage avec ses doigts.

- M'entends tu mon ami ? Revint il en poussant un nuage. Je m'intéresse à votre sculpture, vous dis-je.

Le vieillard cligna son œil à Victor. Celui-ci sourit.

- Qu'est ce qu'on fait ? Demanda-t-il à l'étranger.
- On monte dans ma voiture. Qu'est il pour toi ce vieux ?
- Mon oncle.
- Montons tous.
- Je suis Luc Fechner Dorélus, se présenta-t-il aux deux hommes, en les tendant la main.
- Je suis Victor, dit le sculpteur.
- Je suis Osmane, fit le vieillard.
- Où habitez vous ?
- Nous habitons ici, lui indexa le bidonville en feu.
- Où ça ?
- Là dans cet espace qui consume.
- Cette sculpture c'est quoi Victor ?
- C'est le portrait de mon grand père, un paysan assidu qui a eu foi dans son travail. Il croyait que la vie est dans le sol d'où nous sommes tirés. Il disait toujours que le travail et l'unité entre les frères sont toute la richesse de l'homme. A nous de travailler la terre et d'en tirer profit, et nous vivrons d'elle de génération en génération.
- C'est peut être cette réflexion profonde qui vous a inspiré cette œuvre. Je vous le redis, j'aimerais la posséder chez moi.
- Pourquoi êtes vous intéressé à ma sculpture ?

- Votre œuvre compte beaucoup pour moi, Victor. Je n'espérais jamais trouver une œuvre d'art pareille, tel un souvenir de mon père pour toute ma vie.
- Vraiment ! s'exclama Victor.
- Vous savez, reprit l'acheteur, je suis le produit authentique du prolétariat. Donc, fils de paysan étant, l'agriculture m'a beaucoup aidé et m'aide encore. J'aimerais bien posséder cette œuvre en mémoire de mon père, ce cultivateur qui creusait la terre pour faire de nous ce que nous sommes, mes frères et sœurs et moi.
- Votre père était un grand propriétaire, celui-ci n'avait rien.
- Votre grand père ne possédait pas de terre, mais il était riche. Est-ce pourquoi je m'intéresse à son portrait aujourd'hui. Et sachez le Victor, votre grand père représente pour moi ce qu'il représente pour vous et les paysans du monde entier. Soyez raisonnable en ce qui concerne l'œuvre, voire flexible dans une certaine mesure.

Victor chercha les yeux de Osmane.

- Que dites vous, oncle Osmane ?
- Notre sculpture est une œuvre de grande valeur, vanta le vieux d'un air enchanteur. Ça dépendra de l'offre. Peut être aussi ça ne vaudra pas la peine de continuer la négociation.
- Nous vous écoutons monsieur Dorélus, votre premier chiffre, intervint Victor d'un ton d'homme d'affaire.
- Un million, proposa-t-il à l'artiste.
- Un million de quoi ? Fit il d'un ton interrogateur.
- Un million de dollars US.

Le vieux tout effaré porta ses deux mains sur sa tête. Victor sourit.

- Merci monsieur Dorélus. Laissez-moi descendre, fit-il en empoignant la portière.

- Mais pourquoi non, mon ami, pourquoi ne pouvons-nous pas continuer à négocier ?
- Un million de dollars c'est une valeur dérisoire pour mon œuvre monsieur. A noter pour vous monsieur que l'argent n'est pas à moi. Il sera destiné à reconstruire notre cité déjà réduite en cendre.
- Un philanthrope, hein ? Un philanthrope, c'est ce que vous êtes ? Cet argent ne sera qu'une goutte d'eau dans ce grand projet.
- Là où nous sommes confinés dans notre enclave, nous n'existons que pour nous-mêmes. Nous éprouvons nos douleurs et nos peines, nous les partageons entre nous, nous livrant nous-mêmes à la recherche de solution. Cette somme, elle est si peu pour un projet si ambitieux, mais elle constituera la base d'un départ, un moyen sûr de convaincre les autres à nous aider. Dans notre ville nous sommes tous une seule famille.
- Que dites-vous d'un million cinq cents mille ?

Victor consulta son oncle des yeux. Le vieux fit un hochement de tête affirmatif.

Chapitre XVI

Le lendemain de l'incendie, voulant se renseigner d'Adélina, Dorven, accompagné de son chauffeur et ses domestiques se rendirent sur les lieux de la catastrophe. Oblijan et lui connaissaient le corridor, mais ne trouvaient aucune trace pouvant les conduire sur les ruines de la maison. Rien n'existait si non que des débris calcinés enfouis sous des tas de décombres. Ils durent rebrousser chemin bredouilles, sans aucune idée, ou information de la famille Beaujour.

Adélina et ses parents se sont temporairement réfugiés à l'hôtel, moyennant qu'ils parviennent à louer une maison. Adelina saisit cette occasion, bien que sinistre, pour présenter Léopold à sa famille, et du même coup, clarifier l'affaire Dorven.

Un soir donc, au salon de l'hôtel, le nouvel élu apporta des cadeaux qu'il offrit à toute la famille. Dans un gerbe de roses adressé, il glissa à sa belle Adélina, une petite carte rectangulaire avec une simple et courte petite phrase issue de ses doigts ingénieux : « L'amour a pris naissance un jour, puis il est gravé dans le tréfonds de mon cœur où il ne moura plus ».

Lui et son amante, étant partis, pour se dissimuler quelque part :

- Tu m'as promis en mariage, n'est ce pas, Léo ?
- Bien sûr, ma chérie.
- Pour quoi ne pas commencer par nos fiançailles ?
- Je n'ai pas d'objection là-dessus, mon amour. Je pense que ça m'arrangerait un peu.
- Merci mon chéri.
- Parle donc, tu as un plan en tête, une date ?
- Non. Je n'oserais décider quoique ce soit sans ton avis. J'estime que tu vas repartir bientôt, alors, nous pourrions profiter notre présence ici à l'hôtel pour célébrer nos fiançailles.
- C'est chouette, Adélina. Tu as des rêves pour nous deux, n'est ce pas ? M'aimes-tu chérie ?
- Je te l'ai confessé. J'ai voulu t'avouer que dans mon cœur je te réserve une place d'honneur. Mais sais-tu, Léo ? J'ai beau réfléchir sur notre situation.
- Réfléchir ?
- Oui, Léo, il me le faut, dit-elle en soupirant.
- Adélina !
- Oui chéri.
- Est-ce que au moins tu as une idée de ce qui se passe au fond de moi ? Du nombre de fois dans une journée que ton nom, seulement ton nom fasse vibrer mon cœur ?
- Je sais, mon amour. Mais qui a le don de la science infuse, Léo ? Personne n'est capable de lire dans le secret d'autrui. Peut-être ma prudence me retient, mais il faut admettre que les hommes ont tous un seul et même discours.
- Adélina, regarde mes yeux et tu découvriras la sincérité de mes paroles, car ils sont les fenêtres à travers lesquels tu puis lire mon esprit.

Elle saisit sa main et imposa la paume sur son cœur.

- Ton cœur bat très fort, Adélina.
- Dans mon cœur je sens remuer le souffle de ton esprit, dit-elle les yeux fermés. Prends moi à tes côtés, Léo.
- Oh mon amour, je t'aime.

Enlacée dans les bras de l'amant, elle lui envoya un regard tendre de caresse.

- Adélina !

Elle releva sa tête et répondit avec ses yeux lascifs.

- Pourquoi ne puis-je pas connaître le chemin qui me conduirait dans ta chambre ?
- Mais tu connais celui qui te conduit à la porte de mon cœur, n'est ce pas suffisant ?
- Tes lèvres me sont jusqu'à présent fermées, défendues.
- Mes lèvres ? Sont-elles plus savoureuses que les tiennes ?
- Les as-tu goûtée, mes lèvres ?

Puis elle ferma ses yeux, happa la bouche de l'homme qu'elle se mit à siroter.

- Emmène-moi, chérie. Emmène-moi dans ta chambre, je t'en supplie.
- Non chéri, non! Ma chambre est interdite aux hommes.
- Emmène-moi, je t'en prie, Adélina.
- Non, Léo, je te dis non. Dans ma chambre il y a un diable qui peut t'engloutir d'une seule bouchée.
- Non, Adélina, emmène-moi.

Elle se leva, secoua sa large jupe.

- Suis-moi.

Au creux du lit moelleux, ils se savouraient avides, l'un l'autre. Ils étaient confondus dans un baiser comme si dans leurs lèvres, émanait la chaleur du feu de la nuit. Ils eurent le pressentiment d'être transportés dans un nuage d'éther comme quoi ils étaient vaporisés dans l'haleine d'un corps étrange, provenant d'un autre monde. Leur corps, leur âme, tous furent fusionnés, fondus.

- Je prends ton âme dans mon corps, je te donne la mienne.
- Léo ! Léo ! Tu ne peux pas garder mon âme.
- Pourquoi, fit-il les yeux fermés.
- Parce qu'elle est empoisonnée.

Les caresses reprirent, devinrent beaucoup plus chaudes, plus brûlantes. Elle a perdu sa lucidité pour quelques instants. Quand elle regagna conscience, elle était déjà nue.

- Oh non, Léo ! Non ! Non !
- Pourquoi non, Adélina ? Pourquoi ? Tu seras ma femme. Je jure devant Dieu qui m'a créé que je t'épouserai. Rien ne m'arrêtera, rien, même la mort.
- Je sens la force de ton amour pour moi, Léo. Ta sincérité reflète la clarté de ta conscience. Moi, je t'aime aussi fort que tu ne pourrais l'imaginer, mais...
- Mais quoi, Adélina, quoi ?
- Quittons le lit, mon chéri, allons nous asseoir sur le sofa.

Elle parlait avec des larmes dans la voix. Elle se trouvait en proie avec un destin enfiellé, funeste. Assise près de l'homme dont le feu de l'amour brillait en flamme dans les yeux, elle paraissait déprimer. Puis dans ses prunelles en feu, jaillirent un torrent de larmes qui lui noyaient tout le visage.

- Tu pleurs, chérie ? Dit-il le cœur brisé, les lèvres tremblantes. Je m'excuse du mal que je t'ai infligé. Pardonne-moi.
- Tu ne me fais rien de mal, Léo, répondit-elle, la gorge nouée de sanglots.
- Que deviendrai-je sans toi, Adélina ? pourrai-je vivre ? Tu es mon complément sur cette terre et même dans l'éternité.
- Ma vie est une longue histoire, Léo. Mais une seule phrase peut la résumer entièrement. M'aimes-tu ?
- Comme tu sais ma chérie, je t'aime dès la première seconde quand se croisèrent nos regards. Et même au plus profond des ténèbres de la mort, je t'aimerai.
- Puis-je parler ? Tu m'écoutes ?
- Qui pourrait mieux t'écouter, autre que moi ? Parle, mon amour, dis moi tout ce que tu veux, n'importe quoi. Lâche moi toutes les réserves de ton cœur, dis-moi tout, je t'écoute.
- Tu n'ignores pas que j'étais liée avec quelqu'un.
- Oui, je sais ma chérie.
- Bon, il arrive que je sois enceinte, et … et que lui et moi nous avons tout rompu.

Léo resta muet, figé. Ne dit rien. Mais on pourrait lire dans ses yeux les empreintes de la déception, et sur son visage un profond malaise. Adélina continua.

- Doubler de ma grossesse, il y a le pire.
- Le pire ? C'est quoi encore ?
- Ma vie est en péril. Je suis en proie avec un mal qui m'emportera bientôt.

Les mots saccadés de la fille, prononcés avec découragement tombent sur le cœur de Léo, telle une masse de plomb. Il est battu d'une stupéfaction qui fait frissonner tout son corps.

- C'est quoi ça, Adélina ? Q'est ce que tu racontes ?

Elle resta morfondue, recroquevillée sur le sofa. La couche de mascara qui relevait son teint était blêmie.

- Quel est ce mal, Adélina ? Revint Léo, parle-moi donc, continue ma chérie, ne crains rien. Quelque soit le mal, je suis avec toi. Je ne suis pas ce disciple de Jésus qui l'abandonnait dans le pire moment de son malheur, en plein procès devant Ponce Pilate et même sur le chemin de son calvaire. Je reste avec toi, moi, c'est ma promesse, je le jure, en levant la main.
- Je suis séropositive. Ne dis rien à personne. Il n'y a que moi et mon médecin qui sommes au courant de mon mal. C'est pour mon bien. Si tu m'aimes vraiment, tu garderas le secret pour toi-même.

Il suffisait de quelques instants pour que Léo soit inondé de sueur. On sent qu'il s'est vidé de toute sa contenance. Il garda un mutisme pendant longtemps. Mais il n'eut pas le courage de casser sa promesse ou d'abandonner cet amour. Au risque de sa vie, il n'entend pas avaler les mots si forts, pleins de conviction, qu'il vienne de prononcer ça fait seulement quelques minutes.

- Tu m'aimes, je sais, Léo, mais tu n'es pas obligé de t'engager sur une route si sombre avec quelqu'un qui va mourir. J'ai assez de courage pour embrasser mon sort et partir toute seule sur la voie de mon destin. Je n'accepterai jamais que tu te fasses suicider à cause de moi. Je t'aime. Je suis condamnée à mourir, mais toi tu dois vivre, Léo, tu dois rester en vie. Ce ne sera pas moi ta meurtrière, non.

- C'est sans importance. Je ne me suis pas forcé de t'aimer, intervint il d'un air ferme et sérieux. L'amour, se rabaissant le ton, ce n'est pas un jeu anodin. C'est un mot à la fois humble et puissant qui fait partie intégrante de notre vie, et sans lequel la vie n'a pas de sens. L'amour, ça prend racine au plus profond de la chair, il se développe malgré nous. Il exige la présence de l'autre, ne se nourrit pas d'utopie, mais de sensations. Il faut à l'amour la chaleur d'un être, l'odeur de ses cheveux, le son de sa voix, bref, l'amour c'est tout ce qui résume l'existence...

Léopold réfléchit un instant et lâcha un soupire qui, semble-t-il, se détachait du tréfonds de son être.

- Puis-je voir ton médecin, Adélina ?
- Mon médecin ? Oui, je crois que oui.
- Appelle-le dès demain pour un rendez-vous pour nous deux. Ne pense pas que je vais manger ma promesse, chérie. Sois certaine que je vais être plus près de toi. Je m'engage sur la route avec toi. Rien n'est impossible, nous vivrons, grâce au pouvoir de la foi.

**

Trois jours plus tard, le couple répondit au rendez-vous du docteur. Ensemble, ils devaient discuter de ce lien si opiniâtre et hasardeux auquel tient Léopold, cette flamme d'amour qui le consume l'être entier. Son cœur était chamboulé d'inquiétude, et sa tête, remplie des conseils préalables du docteur qui a déjà tout su du dossier de sa partenaire bien aimée. Il était comble d'effrois.

Ils furent ponctuels. Miola était très affable à leur endroit. Elle les accueillait avec une telle chaleur, une telle douceur, on dirait des amis de vieille date.

129

Nonobstant leur ponctualité, le docteur les attendait impatiemment. L'énorme porte, couleur d'acajou, grinça en tournant sur ses charnières. Le docteur apparut dans la baie, les fit signe d'entrer. Ils le suivirent au salon de la clinique. Puis, commença Adélina :

- Docteur Pierrot, c'est Léopold, mon futur époux. Léopold, c'est Dr Pierrot, mon ami, mon médecin.

Les deux hommes s'empoignèrent la main.

- Heureux de vous connaître, mon cher ami. Soyez le bien venue, ajouta le médecin.
- Bonheur partagé, merci docteur.
- Je vous attendais le cœur chaud, l'esprit impatient et inquiet. Comment vas-tu, Adélina ? Lui adressa-t-il, d'un bref regard.
- Jusqu'à présent excellent, docteur. Je me sens 'tout a fait' bien. Tes conseils, c'est excessivement efficace. Je ne sais comment te remercier.
- Ne t'en fais pas mon amie. Ma profession le veut ainsi, c'est un devoir, un plaisir aussi.
- Oui, comme je te disais, docteur, je voulais te voir aujourd'hui sur la demande insistante de mon fiancé.
- Me voici, fit il d'un geste très détendu, disponible et disposé.
- Aussi longtemps que j'existe, entama Léo, je ne cesserai de vous remercier, car vous aviez su procurer Adélina de tout ce qu'elle avait besoin de supports moraux, face à ses douloureux moments. Tout le monde pourrait me qualifier de fou, parce qu'effectivement j'éprouve une folie délirante, et ceci, depuis la première seconde quand nous changions nos premiers regards, Adélina et moi. Notre connaissance étant trop furtive et fugace, je m'étais mis à la chercher. Qui cherche trouve, nous dit la bible. Effectivement je l'ai trouvé. Et nous avions commencé tout de suite à jeter

les bases de notre avenir. Depuis trois jours, j'écoute le discours pernicieux d'Adélina, adressé à ma personne. C'était comme si tout d'un coup, un précipice ouvrait sous mes pas et que j'allais précipiter dans un abîme béant. Docteur, en tant que médecin, son médecin, je veux entendre de ta propre bouche, si Adélina et moi, nous pouvons être deux pour toujours.

Le docteur fait un rictus avec ses lèvres en hochant sa tête à la manière de quelqu'un qui souffre amèrement. C'est comme quelqu'un sous le choc terrible d'un courant magnétique qui l'immobilise, le terrifie.

Adélina se mit tout à coup à pleurer. De chaudes larmes embuaient ses orbites.

- Où est ce que vous vivez, Léopold, s'enquit le docteur, ici ou à l'étranger ?
- Je vis aux Etats-Unis.
- Concrètement, que comptez-vous faire avec Adélina ?
- Je l'épouserai.

Les deux coudes sur le bureau et la tête dans ses deux mains, Dr Pierrot se mit à réfléchir.

- Vous savez, monsieur Léopold, le SIDA est la maladie la plus terrible, la plus terrifiante qui puisse exister en ce siècle. C'est vrai vous n'êtes pas médecin, mais vous pouvez comprendre le dilemme d'une maladie impondérable qui défie la science, une maladie pour laquelle on ne peut découvrir jusqu'à présent, aucun vaccin, aucun médicament pouvant l'extirper complètement. C'est le plus terrible danger auquel le monde fait face actuellement. Mais la vie est la vie, unique en son genre. Rien de pareil à elle. Est-ce pourquoi, autant que l'on puisse, il faut lutter pour vivre.

A vingt trois ans, cette fille est une jeune pousse. Il y a des facteurs qui jouent en sa faveur. Elle a le moral très équilibré et un groupe sanguin très résistant, le « O positif ». Aux Etats-Unis, actuellement, il existe des médicaments très efficaces pouvant lutter contre le virus, des médicaments pouvant régénérer les cellules affaiblies, et ayant aussi la propriété de protéger le système autodéfense. Quelqu'un du groupe sanguin « O+ » comme ta fiancée pourra résister au virus pendant plus que 40 ans dans la mesure où elle est soumise à un traitement rigoureux et discipliné. Donc il y a de l'espoir, monsieur Léopold.

L'amant projeta vers sa fiancée un regard indicible, un sourire de soulagement, illuminé d'espoir. Et au miroir de ses yeux, la vie brille de ses souffles de feu.

- Mais, très important, ajouta-t-il, toute ta vie, tu ne manqueras jamais d'utiliser des préservatifs. Même dans ton rêve, tu n'oseras oublier. Autre chose, jusqu'à présent, il n'y a que toi et moi qui la connaissons séropositive. Gardons çà secrètement jusqu'au jour où elle devra…

Léopold avança vers Dr Pierrot, le prit en accolade en tapotant son dos. Adélina, elle aussi, l'approcha et l'étreignit.

- Dis moi si je suis en train de rêver, Dr Pierrot. Tu es une source d'espoir, et chaque fois, je suis venue pour m'en faire rassasier. Dieu, il te protège toi et ta famille. Ce grand Dieu qui nous a créé, nous donné la vie, nous devons le servir, l'adorer chaque jour avec une foi infaillible.

Lâchant le docteur, elle se dirigea vers l'amant et le serra très fort. Ils restèrent longtemps enlacés. Le docteur les admira en souriant.

- Vous êtes l'image d'un beau couple.
- Merci docteur, répondirent-ils en chœur.

**

Le soleil projetait ses rayons torrides, brillant sur toute la ville. La voiture teintée d'un blanc de neige, roulait doucement sur une rue clairsemée. Quelques passants déambulaient vagues sur les trottoirs.

- Adélina.
- Oh ! Oui chéri, tressauta-t-elle d'un vif soubresaut.
- Tu es si loin, mon amour. A quoi penses-tu ? A notre mariage ?
- Eh ma... mariage ? Mais on parlait de fiançailles, la dernière fois.
- Je change d'avis aujourd'hui.
- Ah oui !
- On va se marier tout de suite. As-tu objecté à cela ?
- Pas du tout, mon amour. Mais pourquoi ce bref changement d'avis ?
- Toi... tu peux comprendre, j'espère. Il s'est tu un instant. Je ne vais pas retourner aux Etats-Unis sans la bénédiction nuptiale. Bien gérer le temps, il nous le faut. C'est si cher le temps.
- A ta guise, mon amour.
- Tu invites tes parents de ma part.
- Pourquoi, chéri ?
- Demain soir, nous assiérons à la salle de réception de l'hôtel, nous en discuterons tous ensemble.

Chapitre XVII

Un soleil de safran à brillance dorée submergeait toute la ville. Cacophonie et vacarmes monotones étouffaient le silence des rues poussiéreuses, en chantier. Sur des galeries palissées de tiges de métal, des hommes au visage terne, étaient assis, avec dans les mains un journal ouvert. C'est le plus populaire quotidien de toute la ville, cela depuis un siècle. Gravée sur la page de couverture, en grande manchette, une écriture noire de corbeau : L'homme à l'aiguillon mortel, le génocide macabre de tous les temps.

C'est le désastre le plus terrible, commença le journal, que n'ait jamais connu Haïti depuis la découverte de la pandémie SIDA, au début des années 80.

Le voile horrible des ténèbres de la nuit, la nuit humant la mort, couve les environs de la ville à l'est par l'entremise d'un forcené, portant en son sein un aiguillon empoisonné. C'est trop épouvantable et fatal, franchement.

En effet, un nommé Dorven Marc Forest 42 ans, un nouveau riche évidemment, revient dans son pays, les mallettes remplies, les comptes en banque débordés d'un lux d'argent, mais le sang infesté du virus de la mort.

Apparemment jeune, très beau, il vit dans une magnifique maison, un château dirait-on, sur les hauteurs de Furcy. Il écoula toute son enfance au Bel Air, un bidonville dont l'aspect sombre et misérable reflétait et reflète encore aux yeux du monde, l'image de la pauvreté.

Fils d'un prolétaire toujours confiné dans une sordide bicoque dans la vieille cité, il a rompu ses relations avec tout le reste de la famille dès le premier jour de son atterrissage sous les flammes rayées de l'étoffe étoilée.

Devenu miraculeusement riche, il est revenu vivre au pays avec l'idée préconçue de contaminer les filles tout en exploitant leur situation économique précaire, pauvres jeunes filles, celles confrontées aux terribles épreuves de l'existence. Et depuis, c'était tel un slogan : La vie en échange de la mort pour une poignée de billets verts.

Selon les rumeurs, l'individu en question, a déjà contaminé des centaines de jeunes filles qu'il a reçues dans son château à Furcy. S'agissant de cet acte criminel, le tableau se révèle très sombre.

Le malade qui se trouve dans un état actuel très grave, a été remis à ses proches par un centre hospitalier où il était hospitalisé.

**

Le rideau rabattait sur un écran diapré. Un grand « T » avec la queue tirée d'un « I », esquissant un logo « TI » couvrait l'écran dans toute sa largeur. Soudain il émit d'un seul coup une lumière mauve teintée de lettres, telles des grains d'étoiles, mettant en relief le mot complet ; TELE IMAGE. Au centre, un slogan en caractère moyen : « Télé image, tout pour vous distraire, vous former, vous informer ».

Apres trois pubs consécutives, le présentateur de l'émission « Coup de foudre » intervint :

- Mesdames, messieurs bonsoir. Je suis Pierre Médard. Aujourd'hui encore nous sommes le jeudi 30 juillet... 200...Comme vous le savez chaque jeudi à cette heure, votre émission très choquante, très prisée « Coup de foudre ». Notre sujet ce soir fera l'objet d'un débat houleux et riche en ce que j'espère : Le SIDA et son origine. Nous vous rappelons que ce débat fait suite au triste désastre qui s'abat sur la jeunesse haïtienne, il s'agit de l'affaire Dorven.

Avec nous ce soir mesdames messieurs, des invités de grand calibre tels le pasteur Marc Dalmond. La camera le montra vêtu d'un costume bleu clair sur une chemise rouge, le collaro laçant son cou, sa bible en main. Le docteur Frantz Vieux, continua l'animateur. Avec nous aussi un scientiste d'origine africaine, Dr Frébat Mbarré, le ministre de la santé publique, Dr Philippe Desrand, un chercheur canadien, il s'agit de monsieur Bernard Guinodeau.

- Mesdames messieurs, poursuivit l'animateur Médard, chers téléspectateurs, rappelons qu'à la fin du vingtième siècle, début des années 80 pour être mieux précis, un mal épouvantable fit irruption dans notre monde et le ravage. Depuis le commencement de ce monde, aucune maladie, aucune pandémie n'a été aussi terrible et cruelle que le SIDA. SIDA, Syndrome Immunodéficience Acquise, se caractérise par une perte généralisée des défenses immunitaires qui rend l'organisme humain faible et vulnérable aux attaques du moindre mal. Sur les cinq continents, les pertes en vies humaines sont énormes. Ironie du sort, on a collé sur nous l'horrible tache de porteur de ce virus. Les Etats-Unis, La France, Le Canada nous ont plaqué sur le banc des accusés, nous indexant « Haïtiens, groupe à risque de la pandémie SIDA ». Tan disque l'injustice des accusateurs malveillants et de mauvaise foi règne, chacun dans la société apporte son mot, son opinion. Pour certains, ce mal n'existe pas. Ils étayent leur thèse arguant que ce n'est que manipulation de la société. D'autres soutiennent un tapage idéologique, ne voyant dans le mal qu'une punition voulue par un Dieu courroucé. Pasteur Marc Dalmond, théologien de carrière, professeur, homme de Dieu, va nous en dire plus. Bonsoir pasteur.

L'interlocuteur racla sa gorge pour mieux l'éclaircir.

- Pardon, bonsoir Pierre, téléspectateurs de Télé Image, bonsoir.
- Pasteur Dalmond, nous débutons notre programme avec vous ce soir. Comment voyez vous les méfaits de ce mal dans notre société et quelle est votre opinion ?
- Bon, il faut admettre que les opinions sont très diverses et controversées sur l'état actuel de la propagation de ce virus en Haïti et dans le monde. Sans vouloir nous borner par une malveillance ou une mauvaise foi sur un état de fait, referons-nous à la bible qui a été toujours le guide premier et unique de celui qui croit en Dieu et qui s'adonne à le servir. Un peuple d'iniquité ne demeure pas impuni, dit-elle. Le pêcheur paiera la dette de sa transgression jusqu'à sa quatrième génération. Un coup d'œil rétrospectif sur l'antiquité nous permet de voir la multiplication des plaies sur l'Egypte pharaonique, phénomène du à l'injustice infligée au peuple de Dieu et la désobéissance de son prophète. Nous avons appris également la destruction des

villes Sodome et Gomorrhe, destruction due à la corruption d'une nation dans sa totalité. Enfin, le début du temps de la grâce en l'an 33 de notre ère, le messie nous prédisait ce temps misérable et difficile, comble de terreurs, de crimes, de grandes famines, de guerres à travers le monde. Rien ne nous surprend, nous autres chrétiens. Ce mal fait sa course comme beaucoup d'autres le suivront. C'est la colère de Dieu qui pèse sur nous.

- Merci pasteur.

La camera promène son œil sur tout le panel.

- Vous suivez, mesdames, messieurs, Télé Image, dans une conférence débat sur le SIDA. Maintenant adressons nous au ministre de la santé publique, Dr Philippe Desrand. Bonsoir docteur, bien venue à notre émission « Coup de foudre » sur Télé Image
- Bonsoir Pierre, bonsoir à tous.
- Docteur Desrand, vous êtes le ministre de la santé publique de notre pays. Quelle est votre responsabilité vis-à-vis de cette maladie dont la course est vertigineuse et qui commence à décimer nos jeunes de manière désespérée ?
- Tout au départ monsieur Médard, avant de vous répondre quoique ce soit, permettez moi de vous féliciter pour cette émission de grande portée éducative, soigneusement modérée, bref, professionnellement rendue. Un travail bien fait, en vérité. Ça fait le bonheur de notre peuple, ça fait aussi la fierté du gouvernement dont je suis membre.
- Merci ! Dit l'animateur, la voix haut contre.
- Je suis profondément navré, reprit le ministre d'un ton calme, que notre jeunesse se trouve en face de ce défi mondial et soit aussi la cible et la proie fatale de cette maladie incurable. Et, en tant que responsable de santé de ce pays, il m'incombe la lourde responsabilité de voler au secours de cette jeunesse, malgré les maigres moyens,

abandonnée à la merci de ce mal. Il faut qu'on soit honnête pour avouer que les gouvernements antérieurs nous ont laissé un triste héritage. Aucun programme de protection n'a été conçu. Les dossiers sont sans histoire, sans lendemain. Pas moyen de poursuivre sur un plan déjà établi. Mais nous ne sommes pas restés seulement à nous plaindre. Notre gouvernement aussi jeune qu'il soit, bouge. En effet, notre équipe de santé travaille quotidiennement fort tard dans la nuit, en vue de freiner la propagation de ce virus sur notre territoire.

- Que dites vous de la divulgation des grandes presses des pays occidentaux, en particulier celles de l'Angleterre, de la France, des Etats-Unis, du Canada en collaboration avec des organisations internationales comme La Cx Rge Canadienne et des centres de recherche américains nous accusant de porteur de ce virus ?

- Vous savez, monsieur Médard, depuis le jour de la naissance de notre peuple, nous avons toujours été la poudre à canon de ces puissants. C'est malheureux franchement, mais nous sommes belle et bien condamnés à être un sujet manipulable des étrangers. Que pouvons nous ?

- Docteur Vieux, bonsoir ! Avez-vous quelque chose à ajouter pour le ministre ?

- Bonsoir Pierre, à toute la population haïtienne, bonsoir. Disons que le SIDA apparaissait sous forme d'une guerre à la fois biologique et psychologique, si vous me le permettez. J'étais à Paris le 16 juin 1983, en train de dîner avec une amie française, médecin elle aussi. Elle me tendait un quotidien 'Le monde', qu'elle a eu enroulé dans sa paume. Feuilletant le journal dans la rubrique de médecine, mon domaine, un titre m'attira le regard et saisit mon attention : « La prévention du SIDA en France». Dans ma lecture, très attentionnée d'ailleurs, j'ai pu noter ce qui suit : « SIDA, syndrome immunodéficience acquise atteindrait plus précisément les homosexuels ou les hommes bisexuels ayant des partenaires multiples, les utilisateurs de drogues injectables par voies intraveineuses, les personnes originaires d'Haïti et d'Afrique équatoriale ainsi que les partenaires sexuels (hommes ou femmes), des personnes appartenant à ces catégories». L'article était signé de J. Ives Nau.

- Quelle a été votre réaction face à votre amie, docteur ?
- A ce moment je ne savais comment réagir, franchement. J'ai di peut-être qu'elle a déjà lu l'article et me l'a passé pour me faire voir de mes propres yeux. Dès lors, j'ai conclu que si les forcenés blancs de l'occident caressaient l'intention de nourrir une guerre de race contre nous, maintenant elle est ouverte.
- Maintenant, fit Pierre en fixant un autre panéliste, élargissons un peu le cadre du débat avec un de nos chercheurs, il s'agit du Dr Frébat Mbarré, scientiste, chercheur de carrière travaillant dans le domaine de l'épidémiologie à la Sorbonne. Dr Mbarré, l'émission Coup de foudre et toute l'équipe de Télé Image vous remercient d'être venu. Nous savons que vous êtes à la tête d'une équipe très douée, compétente et zélée, travaillant sur les maladies infectieuses à la Sorbonne. Je pense que ce mal, en occurrence le SIDA, qui ravage le monde pourrait se situer d'emblée au centre de votre intérêt, de vos occupations.
- Bonsoir monsieur Pierre, je vous remercie. J'aimerais commencer par vous dire que la recherche scientifique en tant que matière exacte ne peut être jamais s'étayée sur des données farfelues, non démontrables. La science aussi accepte sa défaite que jusqu'à ce jour, aucun centre de recherche du monde n'arrive pas à pouvoir mâter le défi aussi musclé de ce mal qui frappe les jeunes à travers le monde. Mais en fait, je n'oublie pas notre sujet de ce soir, un sujet assez intéressant : Le SIDA et son origine. Tôt dans l'année 1983, en lisant les journaux, j'ai pu constater

combien on abusait les pays comme Haïti et l'Afrique équatoriale et aussi les individus dans la société à préférence sexuelle orientée, les taxant de groupes à risque, porteurs de ce virus. C'est malheureux qu'un mal si affreux soit basé sur des apriorismes non fondés. En effet, considérons ce que nous obtenons en terme d'information. Tout a commencé avec le Centre for Deep Control (CDC) à Atlanta qui publiait des donnés statistiques identifiant les groupes suivants : Homosexuels 72 %, Toxicomanes ou drogués intraveineux 17 %, immigrants haïtiens 4 %, Hémophiles 1 %, Des gens n'appartenant à aucune de ces catégories citées 6 %. Que c'est triste, de la part de ces chercheurs qui font de la recherche, une profanation aussi malveillante que vicieuse, alors que c'est un travail noble. Et moi en tant que chercheur, je n'ai pas le droit de me souscrire à des implications inouïes et inconscientes dans ce domaine. Je pense que de telles accusations ne sont que des affabulations lancées de manière à mieux masquer l'origine réelle de la maladie d'une part, et les vrais objectifs de manipulation dont elle est l'objet sur le plan politique et idéologique d'autre part.

- Toutes nos excuses monsieur Mbarré, vous savez, c'est un débat auquel d'autres invités doivent prendre part. Nous vous arrêtons un instant pour faire intervenir monsieur Guinaudeau. Bonsoir docteur.

- Grand merci, monsieur Pierre, bonsoir.

- Docteur Guinaudeau, vous êtes médecin, chercheur, travaillant pour un des plus grands centres de recherche au Canada. Pourriez-vous nous confier les multiples difficultés rencontrées sur ce parcours en tant que noir ?

- Vous me posez une question assez épineuse monsieur Pierre. Pour être sincère, si je devais raconter les multiples difficultés rencontrées sur mon parcours, depuis mes études jusqu'à mes expériences dans ce centre de recherche, il m'aurait fallu des années et ceci le temps d'écrire des tonnes de livres. Ce qui est le plus important pour moi, c'est donner un sens à ma vie. Ainsi, je l'ai consacré à un travail que j'adore, « sauver d'autres vies ».

- Pourriez-vous nous dire un peu quant à l'orientation de votre travail dans ce centre de recherche ?

- Je m'y étais engagé depuis tantôt quinze ans, dans la détection des maladies infectieuses et contagieuses. Mais en fait, ces cinq dernières années, mes travaux se sont orientés vers une recherche spécifique : dépister le secret de la pandémie SIDA.

- Vous parlez de secret de la pandémie SIDA, pour moi c'est un grand mot.

- Ah oui, un grand mot dans le sens de la dynamique de toute une machine de manipulation, d'affabulation et de tapage autour de cette maladie. Racisme, projet politique, défoulement, ostracisme, quelque chose qui est parvenu à prendre la forme d'une guerre idéologique dont notre race, la plus forte bien entendu, soit la cible et la première victime. Et là nous faisons face à une urgence, celle de nous lancer à corps perdu sur un champ de bataille, et ceci à quelque soit le prix.

- Mesdames messieurs, chers téléspectateurs vous suivez Télé Image. Nous vous rappelons que notre débat de ce soir se déroule sur le thème « SIDA et son origine ». Nous avons un panel assez riche comme vous pouvez vous rendre compte : Un pasteur, le ministre de la santé publique et la population, un médecin cadre et chercheur de la médecine haïtienne et deux chercheurs étrangers. Monsieur Mbarré, vos recherches vous ont-elles mis sur une piste d'information de grand intérêt ?

- En ce sens, je crois bien qu'il nous faut commencer par le commencement. Prenons l'affaire sur sa facette historique. En 1925 les Etats-Unis se faisait abstenir de ratifier la convention de Genève, prohibant la guerre chimique et biologique. Entre 1941 et 1945, le taux de natalité avait fait un bond vertigineux avec le fameux événement de baby boom, résultat du retour des millions de soldats de la deuxième guerre mondiale. Pourquoi alors ? C'est qu'après l'hécatombe de la guerre, les enfants des soldats survivants devaient remplacer les soldats morts. Ainsi donc, entre 1957 et 1990, la population mondiale était doublée. Il était évident qu'il fallait limiter les libertés personnelles s'il faudrait garantir la survie de l'humanité. Est-ce pourquoi les puissances mondiales se mirent d'accord pour créer une alliance autour de ce problème.

Les premières études débutèrent pendant la deuxième guerre mondiale. En 1957, à Huntsville en Alabama, suivirent les nouvelles recherches. Effectivement, les scientifiques présents en Alabama lors de ces recherches confirmèrent les données selon lesquelles une explosion de naissance était à craindre. Ils évoquèrent la pollution des hautes couches de l'atmosphère et la vaste brèche dans la couche de l'ozone, d'où les graves conséquences de cette pollution qui allait provoquer une catastrophe sans précédent qui annihilerait la survie de l'humanité après l'an 2000. Considérant le fait qu'ils doivent éviter une explosion de la population mondiale, les démons de ce monde résolurent qu'il fallait absolument procéder à une réduction massive de la population du globe. C'est la raison qui impliquait un plan de désarmement mondial par les dirigeants américains. Considérant ce plan de désarmement, le congrès américain avait fondé the US Disarmement Agency (UDA).

En 1957, le président américain Dwight David Eisenhower s'exprimait en ces termes : « La mortalité infantile a régressé, l'espérance de vie des personnages âgés est prolongée, la faim dans le monde a reculé. Tous ces éléments annoncent une explosion de la population mondiale qui aura doublé en l'espace d'une génération ».

Cette déclaration va déclencher trois alternatives :

Alternative No un : Explosion d'un engin nucléaire dans la stratosphère qui libérerait une chaleur excédante qui carboniserait notre planète.

Alternative No deux : Construction des villes souterraines.

Alternative No trois : Colonisation d'autres planètes, Mars par exemple. Entre parenthèse, un pan de ce projet avait entraîné la mort de l'ancien président américain John F. G. Kennedy.

En 1968, le Cooporate Organisation Report (COR) s'était mis à élaborer le projet de réduction de la population mondiale, projet résultant de deux décisions préalables et importantes : baisser le taux de natalité et augmenter le taux de décès. Dans le but de limiter considérablement le taux de naissance, de nouvelles méthodes ont été développées telles préservatifs, contraceptions, pilules et avortement. De 1965 à 1980 le coût de ce projet est passé de 2.1 à 185 millions de dollars US. Entre 1981 et 1989, l'Agence pour le Démantèlement International (AID) a dépensé plus que 3 milliards de dollars US pour ce même projet. 75% des préservatifs ont été distribués dans le tiers monde. Des mouvements et des groupes sociaux connus à travers le monde comme Mouvement de délibération de la femme, Mouvement de libération des homosexuels ont été largement subventionnés. Au Brésil, dans l'objectif de régresser sa population de 30 millions de vie en l'an 2000, entre 20 à 25 millions de jeunes femmes ont été stérilisées de force, ce qui avait provoqué un fameux scandale en 1992. Dans certains états au Brésil, 60% des femmes avaient subi un traitement atroce de stérilisation. Ceci avait piqué la colère du ministre brésilien de la santé d'alors, Dr Guerra qui disait ceci : « Ce programme de stérilisation est le programme le plus criminel du monde en relation avec le contrôle de naissance ». Il avait ainsi porté plainte contre plusieurs organisations responsables de ce programme dont

Fard Foundation, Rockfelt Foundation, Popular Concil et l'AID.

Parmi d'autres tentatives d'élimination des populations il faut citer aussi l'intoxication par le tabac. Beaucoup de champs de tabacs aux EU dont les produits devaient être exportés à travers le monde ont été traités avec des résidus radioactifs des mines d'uranium, une telle procédée qui avait provoqué chez les fumeurs dans le monde entier une large augmentation de cancer de poumon, de la trachée, de la bouche et des lèvres.

Le malathion par exemple, ce gaz utilisé contre les parasites des cultures vivrières et fruitières n'était pas déversé sur les champs, mais bien sur les humains à partir des hélicoptères de la Centrale d'Intelligence Autonome (CIA) dont la base se trouvait en Arizona. Cette même base est aussi utilisée comme point de réception de la drogue en provenance de l'Amérique Centrale.

En octobre 1941, une requête du secrétaire de la guerre d'alors Henry Tamson a été adressée à l'ANS, lui demandant de créer un comité dont la mission première serait d'évaluer la possibilité d'une guerre biologique. Effectivement le rapport de ce comité a été remis au secrétaire de la guerre en février 1942. Le rapport notifiait la praticabilité de la guerre biologique et les mesures urgentes sur lesquelles il faut pencher. En août 1942, une nouvelle unité de guerre a vu le jour, the War Relief Serve (WRS) ayant à sa direction monsieur Georgi Mack qui fut PDG d'une usine de produits pharmaceutiques, la compagnie Mack. Ainsi, dans l'année 1943, sur demande formelle de WRS, l'ANA avait choisi le Camp Betrick à Frederik dans l'état de Maryland, comme base d'opération où les travaux débutèrent au mois d'avril.

L'alternative d'augmenter le taux de décès était un point important sur lequel il fallait pencher sérieusement, est ce pourquoi l'élite dirigeante américaine n'excluait pas la possibilité d'une guerre nucléaire. Mais en fait, le plus efficace pour elle serait une épidémie mortelle que l'on pourrait imputer à la nature. Le Club de Wome dirigé par Aulio Pecceyï travaillait déjà à ce projet, comme il avait proposé beaucoup d'autres.

Ce projet consistait à développer et lancer un microbe, qui attaquerait le système immunitaire des humains et contre lequel, aucun vaccin ne pourra rien. Celui-là devait être répandue dans la population avec les moyens prophylactiques réservés à l'élite. Les populations, une fois décimées et réduites, on annoncerait officiellement la découverte d'un médicament pouvant traiter les survivants.

Ce projet, en fait, qui faisait partie du PG 2000 n'était autre que la conception du virus SIDA, ce virus fabriqué à partir de la manipulation des micro-organismes humains. Le projet baptisé MK-NAOMI a été étudié et voté au CA en 1969 sous la résolution HB-15090. Il a été acheminé au Département de la DFSe des EU qui l'a soumis aux laboratoires de Fort Betrick pour exécution. On démarra le projet avec une première tranche de 10 millions de dollars US.

- Mais, à qui est la responsabilité de protéger la population si ce n'est à l'état ?

- Et la partie la plus choquante de toute l'histoire c'est que, vers la fin de la deuxième guerre mondiale en 1945, des agents pathogènes très divers en grande quantité, effectifs contre les hommes, les animaux et les plantes avaient été étudiés et des testes expérimentaux réalisés. En 1947 on a créé l'Office of Section Defense (OSD), chargé de la supervision technique des recherches sur la guerre. Dès lors, on avait constitué un comité spécial sur la guerre chimique et biologique dont le but est de contrôler le OSD. En 1948, le comité sortit un rapport sur les opérations spéciales dans la guerre biologique. Le rapport conclut que l'utilisation des armes biologiques à des fins subversives était tout a fait possible. Et les recommandations de ce dit comité furent adoptées et devinrent le début sacré des expérimentations secrètes de l'armée des EU.

- Une intervention vraiment riche d'informations. Mais en fait, s'enquit l'animateur, qu'est ce que cela produit et en quoi ?

- Ça peut vous étonner d'apprendre qu'en 1949, la plus grande sphère expérimentale du monde d'une capacité d'un million de litres a été construite au Camp Betrick. Cette même année débutèrent aussi des testes de projectiles et d'explosifs chargés d'organismes pathogènes. En 1950 en Arkansas, l'ANA entama la construction d'une unité de production d'agent biologique appelée « Pyne Blof ». Cette usine fut opérationnelle au printemps 1954. Le coût total de ce projet était de 90 millions de dollars avec la capacité de production abondante de différents types d'agents pathogènes dont la brucella et la tularémie, une sorte d'épidémie de lapin et de lièvre, mais transmissible à l'homme. EN 1962, le projet « 112 Work Gwoup » précédemment institué en 1961 étala un programme détaillé d'un projet d'essais d'armes biologiques et chimiques. Il établit à Fort Douglas « The Desert Text Central » (DTC). Ce centre devait maintenir des liaisons constantes avec le service de la santé publique des EU et à évaluer les expérimentations d'armes biologiques et chimiques. En 1967, les usines de Pyne Blof de grande capacité de production d'agents pathogènes produisirent différents types de microorganismes infectieux. En 1978, suivant un accord préalablement conclu entre le Fort Betrick et le New Yk Blad Center (NYBC) à Manhattan, plus que mille homosexuels avaient été recrutés par les scientifiques du gouvernement pour servir de cobaye pour les expérimentations du vaccin hépatite B. Les opérations de vaccination ont été réalisées dans le New Yk Blad

Center. En 1979 le premier cas SIDA a été détecté chez un des homosexuels vaccinés au New Yk Blad Center. Vers l'année 1984, 70% du millier d'homosexuels immunisés du vaccin d'hépatite B étaient testés positifs du virus SIDA.

- Docteur Vieux, éminent chercheur indépendant bien sûr, on nous a taxé, nous autres haïtiens comme groupe à risque, porteur de ce virus, où est la vérité dans tout ça ?
- La vérité monsieur Médard, elle n'est pas si voilée comme on le pense. Il suffit seulement que soient disposés des documents et des matériels scientifiques nous permettant de déceler les secrets. Tout a été conçu suivant un objectif planifié d'exterminer les noirs et certains groupes considérés indésirables dans la société comme la communauté hispanique et les homosexuels. Dr William Campbell Douglas, dans son livre AIDS : The end of the civilisation, dit ceci: « Ce fut la surprise généralisée du monde entier, quand le 11 mai 1987, le London Times, en première page, a rapporté que l'Organisation du Monde Sanitaire (OMS) a déclenché l'épidémie SIDA en Afrique à travers son programme de vaccination contre la variole. Le seul peuple dans le monde n'ayant pas été surpris par l'article du London Times étaient les américains… »
Selon le même article de London Times signé de Pearce Wright 'Le vaccin contre la variole a déclenché le virus SIDA' : « La plus grande propagation du VIH SIDA correspond à l'immunisation la plus intense avec le nombre de personnes immunisées comme suit : Zaïre, 36 millions 878 mille, Zambie, 19 millions 60 mille, Tanzanie, 14 millions 972 mille, Uganda, 11 millions 616 mille, Malawi, 8 millions 118 mille, Ruanda, 3 millions 382 mille et Burundi, 3 millions 274 mille ».
Dans son article, Pearce a aussi noté que le Brésil était aussi inclus dans la campagne de vaccination de l'OMS contre

la variole et que sous l'égide de ce même programme des Nations Unifiées dans l'Afrique Centrale, 14 mille haïtiens ont été infectés du virus SIDA. Il avait soutenu dans l'article que les travailleurs des services de charité et de santé sont convaincus que des millions de cas de SIDA sont déjà enregistrés en Afrique du Sud. Ce même mois (mai 1987), cinquante experts qui s'étaient réunis dans un endroit près de Genèvre ont révélé que plus que soixante-quinze millions de sud africains, soit le tiers de la population, pourraient être contaminés du virus SIDA dans les cinq prochaines années.

« Du fait de la nature inhumaine de la suprématie blanche sud-africaine, nous savons que les sud-africains seront contrôlés. Ce système de contrôle intensifiera les déclenchements du virus en confinant les habitants dans les petites et les grandes villes les plus peuplées où il sera impossible de contrôler sa propagation parmi la population sud-africaine. Il y a déjà plus de cinquante mille morts en Afrique du Sud, et il est prudemment croyable que près de soixante-quinze millions sud-africains seraient infectés », disaient-ils.

Vous m'avez interrogé au sujet de la vérité, moi, je vous réponds par la vérité. L'axiome est que, comme c'était planifié par les dirigeants puissants de ce monde de réduire la population mondiale par la limitation de naissance et l'augmentation de décès, ils ont justement ciblé certains secteurs de la société, nous autres noirs en particulier, puis à travers un grand projet de virus fabriqués, ils commencent à balayer les noirs : communauté, pays et continent y compris.

Et, la question à se poser dans cette affaire, l'élément cible, pourquoi est il à la fois la victime et l'accusé, et que le vrai criminel est couvert et se trouve protégé de ses actes terrifiants et infâmes ?

- Ah oui, une planète folle livrée aux criminels. Et, docteur, votre exposé, c'est ce qu'on appelle la véracité de l'histoire, a approuvé l'animateur.

- Ainsi, me referant à monsieur Tod Wiss, au cours d'un congrès sur le SIDA à Lennox Hill Hospital en 1983, il eut à dire : « Aussi osé que cela puisse paraître, étant donné les attitudes adoptées envers les homosexuels et d'autres couches de la société, l'utilisation possible d'armes biologiques doit être sérieusement envisagé ». Peu avant le sénateur Tod Wiss, Robert Harris et Jeremy Paxman, dans leur livre « A higher form of killing », publié en 1982 disaient ceci : « Depuis 1962, 40 savants, employés dans les laboratoires de guerre biologique de l'ANA s'adonnent à plein temps à des recherches scientifiques ». Les implications se sont précisées sept ans plus tard lorsqu'un porte-parole du département de la santé publique des EU déclara que les manipulations génétiques pourraient résoudre le désavantage majeur de la guerre biologique, c'est-à-dire la limitation dans les choix des maladies qui existent naturellement quelque part dans le monde. Avec de forte évidence dans les faits, nous pouvons déduire catégoriquement que le SIDA est une maladie fabriquée aux laboratoires de l'occident par les seigneurs de l'enfer.

- Une grave atrocité basée sur des apriorismes et des affabulations, n'est ce pas docteur ?

- Ah oui, et la fameuse méthode appelée la « méthode Coué » est l'instrument le plus aiguisé ou l'arme psychologique utilisée par les forcenés de l'occident quand ils veulent faire de leur mensonge une véracité ou encore utiliser une calomnie qu'ils croient être efficace : répéter sans cesse le mensonge, et ça deviendra vérité. Mais en fait, même dix mille fois répété, un mensonge reste un mensonge. Et l'objectif premier de cette malveillance n'était autre que décimer la composante noire de la race humaine, car justement, après avoir été les victimes de la servitude systématique pendant des siècles, selon eux, nous devrions être éradiqués de la terre de Dieu, comme quoi celle-ci leur appartenait. Quelle idée erronée !

- Docteur Guinaudeau, avez-vous rencontré Dr Vieux dans vos études ? Questionna Médard.

- Dans l'édition de décembre 1987 de la revue de santé 'Health Consciousness', Dr William Campbell Douglas titra son article : 'l'OMS a assassiné l'Afrique. « L'Organisation du Monde Sanitaire (OMS) se sert de l'Afrique comme terrain d'essai pour tester le virus SIDA fabriqué par les humains ». La grande question est que, pourquoi quelqu'un a voulu ceci, ou, à qui profite le crime ? Je pense que la réponse est aussi simple si on lit cette déclaration venue de Moscou, publié dans le numéro de « The Hérold Examiner » du 6 juin 1987 : « Les soviétiques ont accusé les EU d'avoir des armes biologiques pour exterminer les noirs. Le directeur de l'agence de l'information des EU, Chale Wack a déclaré hier qu'il a cessé de dialoguer avec le chef d'une agence d'information soviétique pour avoir indexé la Centrale d'Intelligence Autonome (CIA) d'être en possession d'armes biologiques pour tuer les noirs. Dans une conférence de presse à l'ambassade des EU à Moscou, Wack a déclaré avoir reçu jeudi un télégramme de Washington au sujet d'une dépêche de l'agence nouvelle Novosti, affirmant que la Centrale d'Intelligence Autonome (CIA) a développé une arme ethnique. Résumant l'histoire, Wack a revendiqué ceci, que les agents de la Centrale se servent des gaz de guerre dans les pays en voie de développement et que la dernière étape dans ce champ est l'arme ethnique, le létal qui est une bactérie mortelle contre les africains… ».

Après le vote du projet loi MK-NAOMI par le S.A en 1969, des scientifiques et des membres du gouvernement avaient ainsi témoigné devant une commission de la chambre haute : « Un agent synthétique et biologique devait être développé, un agent qui n'existe pas dans la nature et contre lequel l'organisme humain est incapable de produire des anticorps. Il est possible de développer ce micro-organisme dans les cinq et dix années à venir. Il est primordial qu'il soit résistant à tout processus immunologique et thérapeutique connu ».

Selon les explications du Dr Théodore A Strecker, ils ont combiné les rétrovirus mortels, le virus de la leucémie bovine (bovin leukemia) avec des virus visna du mouton et les ont injecté dans le tissu humain. Le résultat était le virus SIDA. Le rétrovirus humain connu à l'homme et qui est 100% fatal à ceux qui en sont infectés. Le fameux Dr Strecker qui avait eu le courage de révéler au monde ce projet criminel.

Comme en fait, il fallait agir sur une grande partie de la population, on a commencé par les communautés noires, les hispaniques et les homosexuels. L'Organisation du Monde Sanitaire (OMS) et Nature of Cancer Institution (NCI) avaient largement collaboré à ce projet.

En 1972, l'OMS eut à dire ceci : « Nous faisons des recherches pour savoir si certains virus peuvent agir sur les fonctions immunitaires ».

En résumé, « développons un virus qui peut détruire les cellules auto défensives appelées 'cellules T' ».

A travers la campagne de vaccination contre la variole réalisée par l'OMS en 1977, environ la moitié de la population de l'Afrique centrale a été contaminée par le SIDA.

Dr Théodore Strecker avait ainsi assuré que si on n'arrivait pas à découvrir un médicament efficace, en 15 ans tout le continent africain serait dévasté.

Sous la direction du polonais, Dr Wulft Mugner, directeur du Centre for D. Control (CDC) et responsable des opérations de vaccination contre l'hépatite B, de novembre 1978 à octobre 1979 et de mars 1980 à octobre 1981, une partie de la population américaine a été infectée du virus SIDA. On avait commencé avec les homosexuels. Le vaccin contenant les composantes de base du virus SIDA comme la leucémie bovine et le visna du mouton, a été fabriqué à Phoenix en Arizona. La compagnie Bildberger en suisse était chargée de démarrer le programme criminel et de lancer les directives, parmi elles le Heig-Kassinger-Depopulation Policy (HKDP), la directive selon elle, pour continuer à bénéficier l'aide des EU, les pays du tiers monde devaient travailler efficacement à réduire et contrôler leur population. Tout contrevenant à cet ordre devra faire face à une guerre civile la plus atroce montée par la Centrale d'Intelligence Autonome (CIA).

- Admettez-vous, docteur, l'existence de ce camp appelé Fort Betrick dans l'état de Maryland où l'ANA s'adonnait à développer un véritable arsenal d'armes chimiques et biologiques ?
- Il est évident que le Fort Betrick demeure le plus grand centre arsenal d'armes biologiques du monde avec une superficie de 1400 hectares de terrain et un personnel de 900 employés scientifiques qualifiés et plus que mille employés civils. 85 % des travaux de production du centre sont gardés dans le plus strict secret du DDFse des EU, 15 % sont publiés dans le cadre d'une stratégie de camouflage pour bafouer le publique. L'humanité vit l'ère la plus dangereuse depuis toute son existence. Les inventions d'armes chimiques et biologiques constituent de terribles menaces pour notre monde. Robin Clark dans son livre « The silent weapons », (Les armes silencieuses), dit ceci : Les hommes de science travaillant dans les centres de recherche sur la guerre biologique s'efforcent de produire des effets exactement contraires. Ils rendent les microorganismes plus stables, plus virulents, plus infectieux et moins susceptibles aux médicaments et antibiotiques. Leurs travaux ont été qualifiés à juste titre de santé publique à rebours.

- Nous allons terminer, mais pas sans votre dernière intervention Dr Mbarré, car vos informations sont tellement documentées.
- Très bien. Et je pense qu'en ce qui concerne le virus SIDA, le public haïtien est bien édifié ce soir.

Disons que la commission ad hoc Gwoup on Popular Policy a été créée en 1975 par le ministre américain des affaires étrangères d'alors Henri Kassinger. De ce même groupe était issu le GR 2000. Document remis de la main à la main au président américain d'alors Jim Karter. A ce sujet, Thom Fergus, Chargé de mission à l'Office of Popular Affaire (OPA) pour l'Amérique latine eut à déclarer : « Il n'y a qu'une chose qui compte pour nous, nous devons réduire la densité de la population. Soit ils le font comme nous voulons, c'est-à-dire avec des méthodes propres (SIDA, stérilisation), soit nous assisterons à d'autres boucheries comme au Salvador ou à Beyrouth. La surpopulation est un problème politique. Si elle échappe au contrôle des autorités, il faut un pouvoir autoritaire, fasciste s'il le faut pour y remédier. Les professionnels ne veulent pas réduire les populations pour des raisons humanitaires. C'est louable, mais il ne s'agit en fait que des matières premières et des facteurs d'environnement. Nous avons des raisons stratégiques qui nous poussent dans cette direction. Le Salvador n'est qu'un exemple parmi tant d'autres, qui montre que notre échec dans la réduction des populations, a conduit à une grave crise nationale. Le gouvernement salvadorien n'a pas réussi, avec nos méthodes, à réduire sa population de façon significative. C'est pourquoi il y eut droit à une guerre civile. Il y a eu des déplacements de populations et des rationnements de nourriture. Malgré tout, le problème reste entier. La guerre civile est l'ultime tentative pour réduire la population. Mais le moyen le plus rapide d'y parvenir reste la famine comme en Afrique, ou une épidémie telle que la peste noire, qui pourrait un jour abattre sur le Salvador ».

Donnant plus d'explications, Fergus avait ainsi continué : « Nous ciblons un pays et disons, voici votre plan de développement. Jetez le à la poubelle et occupez vous de réduire d'abord votre population. Si cela ne vous plait pas de procéder par planification, vous aurez un autre Salvador ou un deuxième Cambodge ».

« Quelque chose devait arriver au Salvador, avait ajouté le chargé de mission Fergus, le taux de natalité de 3.3% était le plus élevé du monde. En 21 ans, la population du Salvador aura doublé. La guerre civile peut aider à y remédier, mais elle doit être élargie ».

En avril 1968, les études du COR (Cooporate Organisation Report)   dont l'italien, Aulio Pecceyï était l'initiateur, et qui débutait depuis 1957, ont été présentées en publique. Le livre 'The population bomb' publié en mai 1968 avait proposé des solutions. Un passage de l'ouvrage dit ceci : « Pour synthétiser, on peut dire que la population du globe va en augmentant, parce que le taux de natalité est supérieur au décès. Il y a deux solutions. Ou nous faisons baisser le nombre de naissance, ou nous augmentons le nombre de décès. C'est très simple. Il aurait fallu, dès le début, contrôler sévèrement les naissances pour éviter de courir à la deuxième solution ».

Présentant lui-même les conclusions de l'étude, Aulio Pecceyï assurait que si en développant les microbes et qu'il parviendrait à être contaminé, il n'utilisera ni les remèdes, ni la prophylaxie. Ce qui advenait à lui faire prendre pour un héros.

Les programmes informatiques de ce projet criminel, MK-NAOMI ou SIDA ont été élaborés par le Mass Institution Technical (MIT).

Parlant de ce projet, B. Roussel s'exprimait en ces termes : « Vous dites que les périodes difficiles sont particulières et qu'il faut y faire face avec des méthodes particulières. Au début de l'ère industrielle c'était sans doute valable. Mais aujourd'hui ce n'est pas possible si on ne réduit pas la croissance démographique de façon sensible... La guerre traditionnelle n'est pas un moyen efficace. La guerre bactériologique aurait sans doute plus d'effet. Si chaque génération connaissait la peste noire, les survivants pourraient se multiplier sans mettre en danger l'équilibre global... Cet état de chose a un caractère gênant, mais que faire ? Les hommes qui ont un état d'esprit supérieur se moquent du bonheur ou du malheur, surtout de celui des autres ».

En automne 1994, à Honolulu, le Dr J. Coleman a expliqué ceci : « Le nouveau virus plus puissant et plus violent que le SIDA, a été testé, une année entière, dans un pays de l'Amérique du Sud. Il pourrait être lâché dans la nature au printemps 1995. Quand ça devient vraiment actif, il infecte quelqu'un le matin, le tue le jour même. Ce virus est transmissible par la salive ».

Dans un article parlant de la surpopulation, paru dans le magasine suisse Zeit & Schrift No 5 Ch-Berneck, décembre 1994, on lit ce qui suit : « Il existe des indices qui montrent que des aliénigènes, technologiquement en avance sur nous, ont donné à quelques initiés la clef pour établir le code génétique humain. Le savoir faire qui a permis de créer plus de trente virus. Il n'y a pas de remèdes connus contre ces virus, à part l'utilisation d'une technologie électromagnétique appelée 'Technologie scalaire'. Les Etats-Unis connaissent cette technologie depuis 1947. Les plombiers de la génétique disposent donc de l'antidote au cas où ils seraient eux-mêmes infectés ».

- Avez-vous un dernier mot Dr Vieux ?

- S'il nous faudrait remonter jusqu'à l'époque qu'on prétend être celle de la découverte des Amériques, vers la fin du quinzième siècle, nous devons tenir compte du génocide généralisé perpétré contre les autochtones par les européens, la plus cruelle hécatombe de toute l'histoire de l'humanité, où ils ont décimé plus que 75 millions d'amérindiens. Ainsi, nous pouvons déduire que la haine de l'homme pour son frère inspire son cœur le pire des maux. Mais, Dieu protége toujours les faibles. Ainsi exprime sa volonté depuis le temps de la création. Et, en tant que témoins d'une époque, victimes du sadisme des forcénés du dernier temps, nous autres, nous n'allons pas nous plier docilement comme des sacrifiés en acceptant tous les méfaits de ce farfelu mensonge. De la même manière qu'ils ont procédé pour faire propager leur calomnie à travers le monde, nous indexant de la source virale de cette maladie, nous allons nous aussi leur remettre la fessée. Etant convaincus qu'ils sont garants de tous les grands moyens comme la presse internationale par exemple, nous savons déjà que le travail s'avère difficile, mais nous ne sommes pas pour autant intimidés.

Chapitre XVIII

Le ciel mouillé et balafré se faisait plus lourd. Les contours des montagnes se dessinaient tantôt gris, tantôt vert sombre, à travers de l'horizon. Une chevauchée bruyante d'orage et de tonnerre, mélangée de zigzag fugace d'éclairs, déchirait l'air humide. Sur une menace terrifiante d'averse, la nature s'apprêtait à lâcher sa colère sur tout ce qui est vie. Toutes les stations de radio confondues, crachaient des nouvelles du cyclone qui frappera Haïti dans les prochaines heures. La Floride a subi ses épreuves d'une sévère raclées avec un bilan de treize morts, cinquante disparues, dix mille sans abris, quelques dix-sept mille voitures emportées, des quartiers sans électricité. Le Panama a eu sa part avec un puissant coup de cravache qui lui coûtait trente-sept morts, plus que quatre cents disparus et un nombre important de blessés...

La bourrasque piaffait sur la Havane à 120 mille. Le gouvernement cubain a déjà décrété l'état d'urgence depuis la nuit dernière. Même s'il est considérablement réduit, Haïti n'est pas assez forte pour lutter contre les débris de ce cyclone. On dit qu'il commençait à s'affaiblir depuis les côtes de la Dominicanie. Tout à coup, une lueur blanchie apparut à l'ouest. Le soleil se montrait faible, telle la flamme d'une bougie se battant contre une masse de ténèbres. Le vent continuait de broyer les arbres dont les branches s'écroulaient. Elles jonchaient le sol avec des feuilles mutilées, dispersées ça et là. Un tourbillon de poussière, accompagné de quelques brindilles de fatras et de feuilles mortes submergeait toute la rue et les contours de la maison.

Adélina souleva le rideau d'une des fenêtres à l'est. Elle entrebâilla doucement une porte contiguë à la fenêtre, jeta un bref coup d'œil dehors. Le temps fut complètement flou, et l'air brouillassé et moins pur.

- C'est terrible franchement, dit-elle en expirant profondément.
- Quoi de si terrible, Adélina ? Interrogea sa sœur qui rentra brusquement au salon.
- Oh ! Regarde donc dehors ?
- Un très mauvais jour pour toi en vérité, je ne comprends pas moi. Elles restèrent silencieuses quelques instants. Tu es si jolie ma sœur, la complimenta-t-elle d'un ton affectif et tendre. Vraiment dans ce monde, il y a des gens qui sont nés différents des autres.
- Pas plus que toi, retourna-t-elle souriante, mais d'un sourire glacé.

Elle ne portait pas une robe de mariage à proprement parler. Une giselle effrangée taillée sur mesure avec des échancrures au cou et aux manches, mettant en relief les galbes de sa corpulence. Les cheveux d'ébène dans une coiffure de chignon, élevaient son visage de sa plus forte élégance. Ses chaussures noires luisantes, montées sur des talons moyens, la rehaussaient un peu. Un maquillage léger mettait en relief le naturel de son air peu bronzé. Ses sourcils qui partaient en fuite depuis les sourcilières, dessinaient une courbe verticale à plan convexe dont l'arc épousait la forme d'une pointe de flèche.

Le ciel balayé par un souffle de soleil, retrouvait son éclaircie, mais d'un œil mi-ouvert et timide. La fureur des rafales du vent diminuait. Malgré l'humeur maussade du temps, toute la maisonnée était prête.

La limousine noire longeait le reste de la rue et vint se parquer le long de la bâtisse. Léopold y descendit, Adélina le rejoignit. Une équipe de photographes se hâtèrent de sortir d'un autre véhicule et s'entamèrent d'assommer le couple de coups de flash, en diverses positions. Les parents des deux familles l'accompagnèrent dans la longue limousine qui fila prestement vers l'église…

- …Mes enfants, continua de crier le pasteur, aujourd'hui vous voici dans la maison de Dieu pour vous faire engager et bénir votre union. Je vous souhaite le bonheur en abondance. Vous serez béni, j'en suis sûr. Mais sachez que la vie est faite de deux pôles auxquels vous devez faire face. Vous êtes unis pour la vie, pour le meilleur et pour le pire, voila à quoi vous devez penser. Devant toute l'assistance ici présente, composée de familles et d'amis et au nom de l'autorité que Dieu m'a conférée, je vous déclare mari et femme.

Il fit passer les anneaux aux doigts des époux et les commanda de s'embrasser l'un l'autre.

**

Après avoir prolongé son séjour jusqu'à quatre mois, dans l'unique but de conquérir Adélina, Léopold regagna définitivement les Etats-Unis. Il ne s'y rendit qu'une seule fois, pour une semaine, rien que pour un bref regard sur son entreprise. Son mariage le rendait si joyeux, si beat, on dirait qu'il n'a été jamais si heureux dans la vie. C'est évident qu'il s'est fait une folie de s'engager délibérément avec une fille malade. C'est être trop obstiné et risqué à la fois. Mais le vrai sens de la vie ne se trouve nulle part que dans les délices de l'amour, quand on plait son cœur auprès de l'être aimé. La joie qu'on en trouve crée l'atmosphère vitale, adoucit le cœur exalté et raffermit l'âme. Vraiment il n'y a pas comme l'amour. Etre près de celui ou celle qu'on aime, c'est se sentir dans un monde irréel, de rêve inouï, c'est se mettre dans un confort d'extase fabuleuse, c'est être comblé de tout et de rien, c'est enfin se plaire soi même. S'extasier dans la plénitude du bonheur.

Elle accompagna son mari à l'aéroport... Ils étaient tous deux la proie d'intenses méditations, les basculant dans un néant de tristesse.

- Aussi longtemps que je vivrai loin de toi, je ne serai qu'une masse de chair sans vie.
- Tu es toute ma force, Léo, le géant sur qui je lâche tout mon poids. Ton absence me causera un grand tort. Je sens déjà le vide en moi. J'ai besoin de ton réconfort, tu sais.
- Nos communications téléphoniques seront insuffisantes, je l'admets, mais je ferai de mon mieux pour te combler de mes supports moraux, rassure toi.
- Je n'aurai pas mon premier sommeil sur ta poitrine ce soir. Je suis devenue du coup ta béguine. Je suis bel et bien fauchée par le glaive. A qui dirai-je bonjour en me réveillant ? De tes habitudes ou tes gâteries, je souffrirai bien sûr. Tu es mon mari à jamais, je mourai dans tes bras.
- Tu vivras avec moi, tu ne mouras pas, chérie. La mort est ce mot sombre que tu dois chasser de ton esprit.
- Vieillirai-je avec toi, Léo ?
- Pourquoi pas ? Tu vivras je te le dis. N'aies pas peur, sois positive.
- Malgré tous les conseils d'espoir du docteur, parfois je suis faiblie.
- Je n'en disconviens pas, mon amour, c'est humain.

A l'intérieur de l'Aéroport, ils s'étreignaient longuement, tandis que roulaient sur leurs joues des torrents de larmes. Ils se regardèrent, l'un épongeant le visage de l'autre. Les baisers, malgré tout, foisonnèrent.

L'Appareil Volant Imitant l'Oiseau Naturel, s'élançait abasourdit, transportant Léopold dans l'air, au gré du ciel, vers le lointain, tandis que la voiture blanche ramena Adélina chez elle.

**

Deux ans plus tard, ce que tout la monde craignait de ce personnage étrange dont le retour au pays, causait tant de torts aux jeunes, arrivait. Depuis quelques temps déjà, les autres membres de la famille Marc Forest élirent domicile chez le fils prodigue à Furcy. Ils devinrent si compatissants à l'endroit de Dorven qu'ils le comblèrent de tous les supports possibles et imaginables, car ils ne pourraient jamais avoir, disent-ils, de place dans leur cœur pour les rancœurs, compte tenu du fait qu'ils etaient liés par le sang.

La maison exhalait une odeur de tombeau. Le visage de chacun exprimait le regret de cette âme qui allait s'éteindre bientôt. Il avait beau endurer, ces deux années. Son corps n'était qu'une masse de chair desséchée, des ossements couverts d'une sorte d'organe truffé de contusions. Donc, un moribond. Ses yeux vitreux dans le squelette osseux du crâne ne bronchaient pas. Même les prunelles étaient tombées et abandonnées dans le fond des orbites.

Sur le grand lit de la chambre ovale, il bougeait à peine quand il devait lâcher une quinte de toux dont l'écho retentissait au creux de sa poitrine.

Il fit un signe à sa mère de l'approcher. Ils se sont mis tous les deux à verser des larmes chaudes qui inondaient leur visage.

- Mon fils, mon fils, en caressant sa figure avec ses doigts.
- Je vais partir maman, je ne suis pas dans ce monde. Où est mon père ?
- Il n'est pas loin, Je vais l'appeler.

Ses yeux, on dirait déjà crevés, camouflés par des cils au fond des orbites, voyaient à peine son père au chevet du grand lit.

- Pa...papa, je... j'espère que tu oublies mes fautes et ... et que tu m'as pardonné... pour que je puisse partir en paix.
- Je t'ai pardonné mon fils.
- Tu... tu t'occupes de mon enterrement. Sois modeste. E... évite de trop dépenser... Des funérailles simples... Incinération... si...s'il vous plait.

Il tira une enveloppe sous l'oreiller, la lui tendit.

- Tout est là dans. Les titres de propriétés et mes comtes en banque. Où est Sabine ?
- Je suis là, tout près de toi, grand frère. Il prit la main de sa sœur dans la sienne, en la regardant, puis sa tête est cédée.

**

C'était le jour du départ d'Adélina. Ensemble, elle et sa jolie fillette Adeline, âgée de 15 mois, allaient rejoindre leur cher bien aimé Léopold à New York. Les mallettes étaient prêtes et la famille entière réunie au salon. La radio commençait à jouer une mélodie lugubre d'annonce mortuaire.

« Nous annonçons avec infiniment de peine la triste nouvelle de la mort de monsieur Dorven Marc Forest décédé à l'âge de 44 ans en sa résidence privée à Furcy. En cette pénible et douloureuse circonstance, nos vœux de sincères condoléance vont à sa mère madame Germain Marc Forest née Julie Lundy, à son père monsieur Germain Marc Forest, à sa petite sœur, la dernière née, mademoiselle Sabine Marc Forest, à ses deux jeunes frères Guy et Georges Marc Forest, à........ et à son ex-fiancée madame Adélina Beaujour.......... Que la terre lui soit légère ».